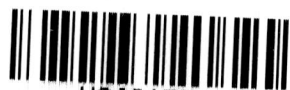

迦陵叢書

葉嘉瑩 主編

元大德本稼軒長短句

下

〔宋〕辛棄疾 撰

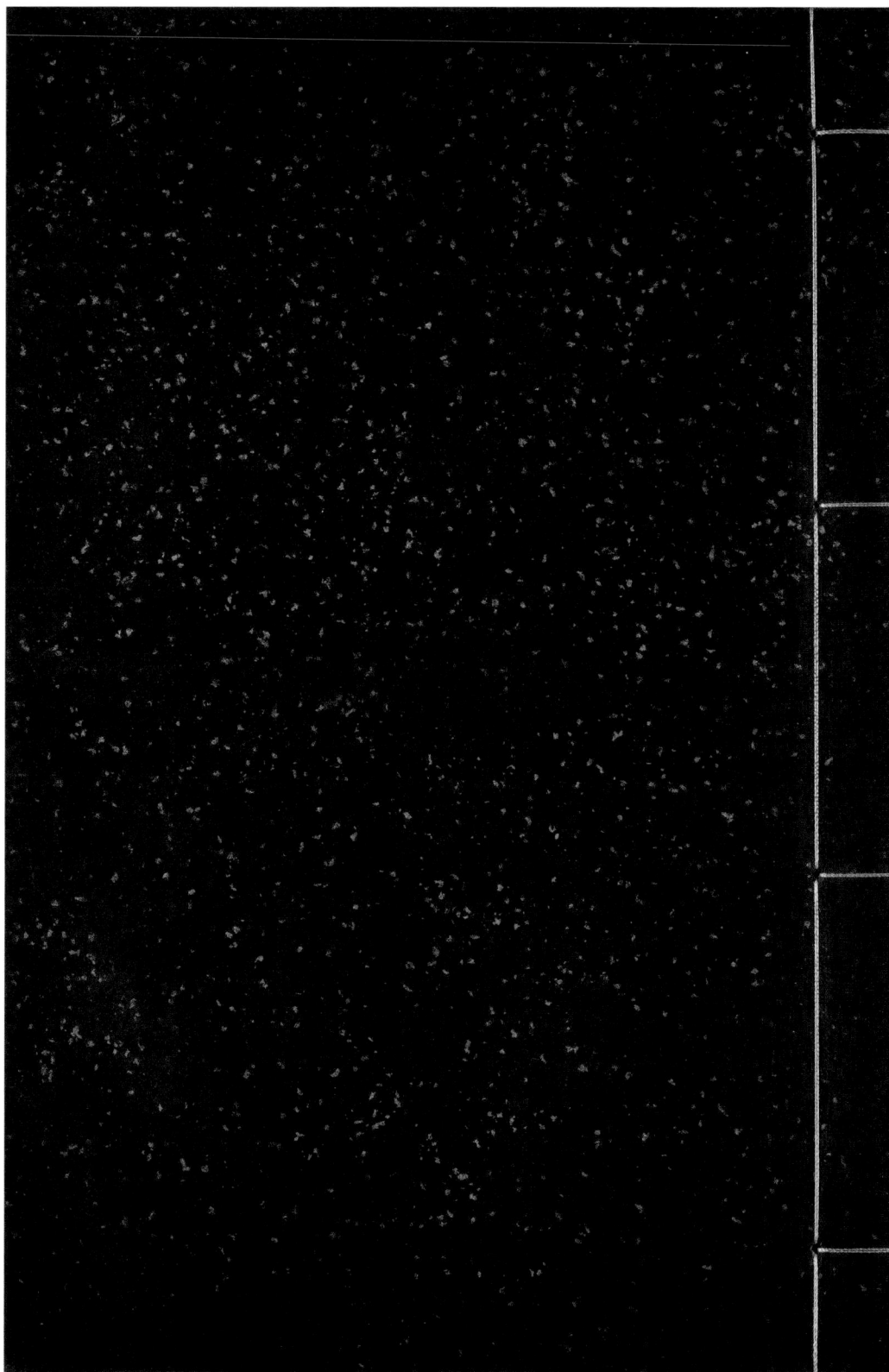

稼軒長短句卷之七

新荷葉

和趙德莊韻

人已歸來，杜鵑欲勸誰歸。綠樹如雲，等閑付與鶯飛。兔葵燕麥，問劉郎、幾度沾衣。翠屏幽夢，覺來水遶山圍。　有酒重携，小園隨意芳菲。往日繁華，而今物是人非。春風半面，記當年、初識崔徽。南雲雁少，錦書無箇因依。

再和前韻

春色如愁，行雲帶雨纔歸。春意長閑，游絲盡日低飛。閑愁幾許，更晚風、特地吹衣。小窗人靜，棊聲似解重圍。　光景難攜。任他鶗鴂芳菲。細數從前，不應詩酒皆非。知音絃斷，笑淵明、空撫餘徽。停杯對影，待邀明月相依。

又　再題傳巖叟悠然閣

種豆南山，零落一頃為萁。歲晚淵明，也吟

草盛苗稀風潑剗地向尊前采菊題詩悠然忽見此山正遶東籬　千載襟期高情想像當時小閣横空朝来翠撲人衣是中眞趣問騁懷遊目誰知無心出岫白雲一片孤飛

趙茂嘉趙晉臣和韻見約初秋訪悠然再用韻

物盛還衰眼看春葉秋萁貴賤交情翟公門外人稀酒酣耳熱又何須幽憤裁詩茂

林脩竹小園曲逕疎籬　秋以爲期西風
黃菊開時拄杖敲門任他顛倒裳衣去年
堪笑醉題詩醒後方知而今東望心隨去
鳥先飛

上巳日吾子似謂古今無此詞
索賦

曲水流觴賞心樂事良辰蘭蕙光風轉頭
天氣還新明眸皓齒看江頭有女如雲折
花歸去綺羅陌上芳塵　能幾多春試聽

啼鳥殷勤對景興懷向来哀樂紛紛且題醉墨似蘭亭列叙時人後之覽者文將有感斯文

徐思上巳乃子似生日因改定之

曲水流觴賞心樂事良辰今幾千年風流禊事如新明眸皓齒看江頭有女如雲折花歸去綺羅陌上芳塵　絲竹紛紛楊花飛鳥銜巾爭似羣賢茂林脩竹蘭亭一觴一詠亦足以暢叙幽情清歡未了不如留

住青春

御街行

無題

闌干四面山無數供望眼朝與暮好風催雨過山來吹盡一簾煩暑紗廚如霧簟紋如水別有生涼處　冰肌不受鉛華污更旖旎真香聚臨風一曲最妖嬌唱得行雲且住藕花都放木犀開後待與乘鸞去

山中問盛復之提幹行期

山城甲子冥冥雨門外青泥路杜鵑只是等閒啼莫被他催歸去垂楊不語行人去後也會風前絮　情知夢裏尋鵷鷺玉殿追班處怕君不飲太愁生不是苦留君住白頭笑我年年送客自喚春江渡

祝英臺近

晚春

寶釵分桃葉渡烟柳暗南浦怕上層樓十日九風雨斷腸片片飛紅都無人管更誰

勸啼鶯聲住 鬢邊覷應把花卜歸期才簪又重數羅帳燈昏哽咽夢中語是他春帶愁來春歸何處却不解帶將愁去

與客飲瓢泉客以泉聲喧靜爲問余醉未及答或者以蟬噪林逾靜代對意甚美矣翌日爲賦此詞以褒之

水從横山遠近柱杖占千頃老眼羞明水底看山影試教水動山揺吾生堪笑似此

箇青山無定　一瓢飲人間翁愛飛泉來
尋箇中靜遶屋聲喧怎做靜中境我眠君
且　歸休維摩方丈待天女散花時間

婆羅門引

別杜叔高叔高長於楚詞

落花時節杜鵑聲裏送君歸未消文字湘
纍只怕蛟龍雲雨後會渺難期更何人念
我老大傷悲　已而已而算此意只君知
記取岐亭買酒雲洞題詩爭如不見纔相

見便有別離時千里月兩地相思

用韻別郭逢道

綠陰啼鳥陽關未瀫早催歸歌珠悽斷纍纍回首海山何處千里共襟期嘆高山流水絃斷堪悲　中心悵而似風雨落花知更擬停雲君去細和陶詩見君何日待瓊林宴罷醉歸時人爭看寶馬來思

用韻答傅先之時傅宰龍泉將

龍泉佳處種花滿縣却東歸腰間玉若金

纍須信功名富貴長與少年期悵高山流水古調今悲　臥龍暫而算天上有人知最好五十學易三百篇詩男兒事業看一日須有致君時瑞的了休便尋思

用韻答趙晉臣敷文

不堪鶗鴂早教百草放春歸江頭愁殺吾纍却覺君侯雅句千載共心期便留春甚樂樂了須悲　穠而素而被花惱只鶯知正要千鍾角酒五字裁詩江東日暮道繡

斉人去未多時還又要玉殿論思

趙晉臣敷文張燈甚盛索賦偶

憶舊游未章因及之

落星萬點一天寶焰下層霄人間疊作僊鼇最愛金蓮側畔紅粉裊花梢更鳴鼉擊鼓噴玉吹簫　曲江畫橋記花月可憐宵想見閑愁未了宿酒纔消東風搖蕩似楊柳十五女兒腰人共柳那箇無聊

千年調

開山徑得石壁因名曰蒼壁事
出望外意天之所賜邪喜而賦
左手把青霓右手挾明月吾使豐隆前導
叫開閶闔周遊上下徑入寥天一覽玄圃
萬斛泉千丈石　鈞天廣樂燕我瑤之席
帝飲予觴甚樂賜汝蒼壁嶙峋突兀正在
一丘壑余馬懷僕夫悲下恍惚
庶菴小閣名曰卮言作此詞以
嘲之

卮酒向人時和氣先傾倒最要然然可可萬事稱好滑稽坐上更對鴟夷笑寒與熱總隨人甘國老　少年使酒出口人嫌拗此箇和合道理近日方曉學人言語未會十分巧看他門得人憐秦吉了

粉蝶兒

和趙晉臣敷文賦落梅

昨日春如十三女兒學繡一枝枝不教花瘦甚無情便下得雨僝風僽向園林鋪作

地衣紅緺　而今春似輕薄蕩子難久記前時送春歸後把春波都釀作一江醇酎約清愁楊柳岸邊相候

千秋歲

金陵壽史帥致道時有版築役

塞垣秋草又報平安好尊俎上英雄表金湯生氣象珠玉霏譚笑春近也梅花得似人難老　莫惜金尊倒鳳詔看看到留不住江東小溪容帷幄去整頓乾坤了千百

歲從今盡是中書考

江神子

和人韻

賸雲殘日弄陰晴晚山明小溪橫枝上綿
蠻休作斷腸聲但是青山山下路青到處
總堪行　當年綵筆賦蕪城憶平生若為
情試把靈槎歸路問君平花底夜深寒較
甚須拼却玉山傾

又

梨花着雨晚來晴月籠明淚縱橫繡閣香
濃深鎖鳳簫聲未必人知春意思還獨自
遶花行　酒兵昨夜壓愁城太狂生轉關
情寫盡胷中磈磊未全平却與平章瑤玉
價看醉裏錦囊傾

和陳仁和韻

玉簫聲遠憶驂鸞幾悲歡帶羅寬且對花
前痛飲莫留殘歸去小窗明月在雲一縷
玉千竿　吳霜應點鬢雲鬆綺窗閑夢連

環說與東風歸與有無間芳草姑蘇臺下
路和淚看小屏山

又

寶釵飛鳳鬢驚鸞望重歡水雲寬腸斷新
來翠被粉香殘待得來時春盡也梅結子
笋成竿　湘筠簾卷淚痕斑珮聲閑玉垂
環箇裏溫柔容我老其間卻笑平生三羽
箭何日去定天山

和人韻

梅梅柳柳鬭纖穠亂山中爲誰容試着春衫依舊怯東風何處踏青人未去呼女伴認驕驄　兒家門戶幾重重記相逢畫樓東明月重來風雨暗殘紅可惜行雲春不管裙帶褪鬢雲鬆

博山道中書王氏壁

一川松竹任橫斜有人家被雲遮雪後疎梅時見兩三花比着桃源溪上路風景好不爭些　旗亭有酒徑須賒晚寒咱怎禁

他醉熏匆匆歸騎自隨車白髮蒼顏吾老

矣只此地是生涯

聞蟬蛙戲作

簟鋪湘竹帳籠紗醉眠些夢天涯一枕驚

回水底沸鳴蛙借問喧天成鼓吹良自苦

爲官哪　心空喧静不争多病維摩意云

何掃地燒香且看散天花斜日緑陰枝上

噪還又問是蟬麽

送元濟之歸豫章

亂雲擾擾水潺潺笑溪山幾時閑更覺桃源人去隔僊凡（桃源乃王氏酒壚與濟之作別處）萬壑千巖樓外雪瓊作樹玉為欄　倦遊回首且加餐短蓬寒畫圖間見說嬌顰擁髻待君看二月東湖湖上路官柳嫩野梅殘

賦梅寄余叔良

暗香橫路雪垂垂晚風吹曉風吹花意爭春先出歲寒枝畢竟一年春事了緣太早却成遲　未應全是雪霜姿欲開時未開

時粧面朱脣一半點臙脂醉裏謗花花莫恨渾冷落有誰知

別吴子似未寄潘德久

看君人物漢西都過吾廬笑譚初便說公卿元自要通儒一自梅花開了後長怕說賦歸歟　而今別恨滿江湖怎消除算何如杖屨當時聞早放教蹤跡今代故交新貴後渾不寄數行書

侍者請先生賦詞自壽

兩輪屋角走如梭太忙些怎禁他擬倩何人天上勸羲娥何似從容來少住傾美酒聽高歌　人生今古不消磨積教多似塵沙未必堅牢剗地事堪嗟莫道長生學不得學得後待如何

和李⿰角長伯韻呈趙晉臣

五雲高處望西清玉階升棣華榮築屋溪頭樓觀畫難成長夜笙歌還起問誰放月又西沈　家傳鴻寶舊知名看長生奉嚴

宸且把風流水北畫耆英咫尺西風詩酒社石鼎句要彌明

青玉案

元夕

東風夜放花千樹更吹落星如雨寶馬雕車香滿路鳳簫聲動玉壺光轉一夜魚龍舞　蛾兒雪柳黃金縷笑語盈盈暗香去衆裏尋他千百度驀然迴首那人却在燈火闌珊處

感皇恩

滁州壽范倅

春事到清明，十分花柳，喚得笙歌勸君酒。酒如春好，春色年年依舊。青春元不老，君知否。

席上看君，竹清松瘦。待與青春鬬長久。三山歸路，明日天香襟袖。更持金盞起，為君壽。

又

七十古來稀，人人都道，不是陰功怎生到

松姿雖瘦偏耐雪寒霜曉看君雙鬢底青
青好　樓雪初晴庭闈嬉笑一醉何妨玉
壺倒從今康健不用靈丹僊草更看一百
歲人難老

慶嬸母王恭人七十

七十古來稀未為稀有須是榮華更長久
滿床靴笏羅列兒孫新婦精神渾似箇西
王母　遙想畫堂兩行紅袖妙舞清歌擁
前後大男小女逐箇出來為壽一箇一百

歲一杯酒

讀莊子聞朱晦菴即世

按上數編書非莊即老會說忘言始知道萬言千句不自能忘堪笑今朝梅雨霽青天好　一壑一丘輕衫短帽白髮多時故人少子雲何在應有玄經遺草江河流日夜何時了

壽鉛山陳丞及之

富貴不須論公應自有且把新詞祝公壽

當年僊桂父子同攀希有人言金殿上他
年又 冠冕在前周公拜手同日催班魯
公後此時人羨綠鬢朱顏依舊親朋來賀
喜休辭酒

行香子

三山作

好雨當春要趁歸耕況而今已是清明小
窗坐地側聽簷聲恨夜來風夜來月夜來
雲 花絮飄零鶯燕丁寧怕妨儂湖上閑

行天心肯後費甚心情故霎時陰霎時雨霎時晴

山居客至

白雲園蔬碧水溪魚笑先生釣罷還鋤小窗高卧風展殘書看北山移盤谷序輞川圖　白飯青芻赤脚長鬚客來時酒盡重沽聽風聽雨吾愛吾廬嘆苦無心剛自瘦此君疎

博山戲呈趙昌甫韓仲止

少日嘗聞富不如貧貴不如賤者長存由
来至樂總屬閑人且飲瓢泉弄秋水看停
雲　歲晚情親老語彌真記前時勸我殷
勤都休殢酒也莫論文把相牛經種魚法
教兒孫

雲巖道中

雲岫如簪野漲挼藍向春闌綠醒紅酣青
裙縞袂兩兩三三把麴生禪玉版句一時
參　拄杖彎環過眼嵌巖岸輕烏白髮鬖

鬖他年來、種萬桂千杉聽小綿蠻新格磔

舊呢喃

一剪梅

游蔣山呈葉丞相

獨立蒼茫醉不歸日暮天寒歸去來兮探

梅踏雪幾何時今我來思楊柳依依白

石岡頭曲岸西一片閑愁芳草萋萋多情

山鳥不須啼桃李無言下自成蹊

中秋無月

憶對中秋丹桂叢花在杯中月在杯中今宵樓上一樽同雲濕紗窗雨濕紗窗渾欲乘風問化工路也難通信也難通滿堂惟有燭花紅杯且從容歌且從容

踏莎行

庚戌中秋後二帶湖篆岡小酌

夜月樓臺秋香院宇笑吟吟地人來去是誰秋到便淒涼當年宋玉悲如許　隨分杯盤等閑歌舞問他有甚堪悲處思量却

也有悲時重陽節近多風雨

賦木犀

弄影闌干吹香巖谷枝枝點點黃金粟未堪收拾付熏爐窗前且把離騷讀　奴僕葵花兒曹金菊一秋風露清涼足傍邊只欠箇姮娥分明身在蟾宮宿

賦稼軒集經句

進退存亡行藏用舍小人請學樊須稼衡門之下可棲遲日之夕矣牛羊下　去衛

靈公遭桓司馬東西南北之人也長沮桀溺耦而耕丘何為是栖栖者

和趙國興知錄韻

吾道悠悠憂心悄悄最無聊處秋光到西風林外有啼鴂斜陽山下多衰草 長憶商山當年四老塵埃也走咸陽道爲誰書到便幡然至今此意無人曉

稼軒長短句卷之七

稼軒長短句卷之八

定風波

少日春懷似酒濃，插花走馬醉千鍾。老去逢春如病酒，唯有，茶甌香篆小簾櫳。　卷盡殘花風未定，休恨，花開元自要春風。試問春歸誰得見，飛燕，來時相遇夕陽中。

大醉歸自葛園，家人有痛飲之戒，故書于壁

昨夜山翁倒載歸，兒童應笑醉如泥。試與

扶頭渾未醒休問夢魂猶在葛家溪欲覓醉鄉今古路知處溫柔東畔白雲西起向綠窗高處看題徧劉伶元自有賢妻

用藥名招婺源馬荀仲游雨嵓

馬善醫

山路風來草木香雨餘涼意到胡床泉石膏肓吾已甚多病隄防風月費篇章孫負尋常山簡醉獨自故應知子草玄忙湖海早知身汗漫誰伴只甘松竹共淒涼

藥名

仄月高寒水石鄉倚空青碧對禪房白髮自憐心似鐵風月史君子細與平章　平昔生涯筇竹杖來往却慚沙鳥笑人忙便好賸留黃絹句誰賦銀鉤小草晚天涼

施樞密聖與席上賦

春到蓬壺特地晴神僊隊裏相公行翠玉相挨呼小字須記笑簪花底是飛瓊　揔是傾城來一處誰妬誰攜歌舞到園亭柳

妬腰肢花妬艷聽看流鶯直是妬歌聲

席上送范先之遊建鄴

聽我尊前醉後歌人生無奈別離何但使情親千里近須信無情對面是山河 寄語石頭城下水居士而今渾不怕風波借使未成鷗鳥伴經慣也應學得老漁簑

三山送盧國華提刑約上元重來

少日猶堪話別離老來怕作送行詩極目

南雲無鴈過君看梅花也解寄相思　無
限江山行未了父母不須和淚看旌旗後
會丁寧何日是須記春風十里放燈時

用韻時國華置酒歌舞甚盛

莫望中州嘆黍離元和聖德要君詩老去
不堪誰似我歸臥青山活計費尋思　誰
築詩壇高十丈直上看君斬將更搴旗歌
舞正濃還有語記取鬚髯不似少年時

自和

金印纍纍佩陸離河梁更賦斷腸詩莫擁旌旗真箇去何處玉堂元自要論思　且約風流三學士同醉春風看試幾槍旗從此酒酣明月夜耳熱那邊應是說儂時

賦杜鵑花

百紫千紅過了春杜鵑聲苦不堪聞却解啼教春小住風雨空山招得海棠魂　恰似蜀宮當日女無數猩猩血染赭羅巾畢竟花開誰作主記取大都花屬惜花人

再用韻和趙晉臣敷文

野草閑花不當春杜鵑却是舊知聞謾道不如歸去住梅雨石榴花又是離魂前殿羣臣深殿女赭袍一點萬紅巾莫問興亡今幾主聽取花前毛羽已羞人

破陣子

爲范南伯壽時南伯爲張南軒辟宰盧溪南伯遲遲未行因作此詞勉之

擲地劉郎玉斗挂帆西子扁舟千古風流
今在此萬里功名莫放休君王三百州
燕雀豈知鴻鵠貂蟬元出兜鍪却笑盧溪
如斗大肯把牛刀試手不壽君雙玉甌

爲陳同甫賦壯詞以寄之

醉裏挑燈看劍夢回吹角連營八百里分
麾下炙五十絃翻塞外聲沙場秋點兵
馬作的盧飛快弓如霹靂弦驚了却
君王天下事贏得生前身後名可憐白髮

生

贈行

少日春風滿眼，而今秋葉辭柯，便好消磨
心下事，也憶尋常醉後歌。新來白髮多
明日扶頭顛倒，倩誰伴舞婆娑。我定思君
拚瘦損，君不思兮可柰何。天寒將息呵

趙晉臣敷文幼女縣主覓詞

菩薩叢中惠眼，碩人詩裏娥眉。天上人間
真福相，畫就描成好靨兒。行時嬌更遲

勸酒偏他最劣笑時猶有些癡更著十年君看取兩國夫人更是誰敎勸秋水詞

峽石道中有懷吴子似縣尉

宿麥畦中雉鷕柔桑陌上蠶生騎火須防花月暗玉唾長攜彩筆行隔牆人笑聲莫說弓刀事業依然詩酒功名千載圖中令古事萬石溪頭長短亭小塘風浪平時脩圖經築亭堠

臨江僊

採梅

老去惜花心已懶愛梅猶遶江村一枝先破玉溪春更無花態度全是雪精神　賸向空山餐秀色爲渠着句清新竹根流水帶溪雲醉中渾不記歸路月黃昏

醉宿崇福寺寄祐之弟祐之以僕醉先歸

莫向空山吹玉笛壯懷酒醒心驚四更霜月太寒生被翻紅錦浪酒滿玉壺冰　小

陸未須臨水笑山林我輩鍾情今宵依舊
醉中行試尋殘菊處中路候淵明

再用韻送祐之弟歸浮梁

鍾鼎山林都是夢人間寵辱休驚只消閑
處過平生酒盃秋吸露詩句夜裁冰記
取小窗風雨夜對床燈火多情問誰千里
伴君行曉山眉樣翠秋水鏡般明

又

小靨人憐都惡瘦曲眉天與長顰沉思歡

爭惜腰身枕添離別泪粉落却深勻翠
袖盈盈渾力薄玉笙嬝嬝愁新夕陽依舊
倚回塵葉紅苔鬱碧深院斷無人

又

逗曉鶯啼聲睍睍掩關高樹冥冥小集春
浪細無聲井床聽夜雨出蘚轆轤青碧
草旋荒金谷路烏絲重記蘭亭孫族殘醉
遠雲屏一枝風露濕花重入跡禚

即席和韓南澗韻

風雨催春寒食近，平原一片丹青。溪頭喚渡柳邊行。花飛胡蝶亂，桑嫩野蠶生。綠野先生閑袖手，却尋詩酒功名。未知明日定陰晴。今宵成獨醉，却笑衆人醒。

爲岳母壽

住世都知菩薩行，僊家風骨精神。壽如山岳福如雲。金花湯沐誥，竹馬綺羅羣。更願升平添喜事，大家禱祝殷勤。明年此地慶佳辰。一杯千歲酒，重拜太夫人。

和信守王道夫韻謝其爲壽時
倅作閩憲

記取年年爲壽客只今明月相隨莫教絃
管便生衣引壺觴自酌須富貴何時入
手清風詞更好細書白繭烏絲海山問我
幾時歸棗瓜如可喫直欲覓安期

又

春色饒君白髮了不妨倚綠偎紅翠鬟催
喚出房櫳垂肩金縷窄醮甲寶杯濃　睡

起鴛鴦飛燕子門前沙暖泥融畫樓人把
玉西東舞低花外月唱澈柳邊風

又

金谷無煙宮樹綠嫩寒生怕春風博山微
透暖薰籠小樓春色裏幽夢雨聲中別
浦鯉魚何日到錦書封恨重重海棠花下
去年逢也應隨分瘦忍淚覓殘紅

戲爲期思詹老壽

手種門前烏桕樹而今千尺蒼蒼田園只

是舊耕桑盃盤風月夜簫鼓子孫忙七十五年無事客不妨兩鬢如霜綠畫刻地調紅粧更從今日醉三萬六千場

又

手撚黃花無意緒等閑行盡回廊卷簾芳桂散餘香枯荷難睡鴨跡雨晴池塘憶得舊時携手處如今水遠山長羅巾浥淚別殘粧舊歡新夢裏閑處却思量

和葉仲洽賦羊桃

憶醉三山芳樹下幾曾風韻忘懷黃金顏
色五花開味如盧橘熟貴似荔枝來　聞
道商山餘四老橘中自釀秋醅試呼名品
細推排重重香腑臟偏襯聖賢杯

又

冷鴈寒雲渠有恨春風自滿余懷更教無
日不花開未須愁菊盡相次有梅來　多
病近來渾止酒小槽空壓新醅青山却自
要安排不須連日醉且進兩三杯

侍者阿錢將行賦錢字以贈之

一自酒情詩興懶舞裙歌扇闌珊好天良夜月團團杜陵真好事留得一錢看歲晚人欺程不識怎教阿堵留連楊花榆莢雪漫天從今花影下只看綠苔圓

諸葛元亮席上見和再用韻

收語南堂新尾響響更急雨珊珊交情莫作碎沙團飛生貧富際試向此中看記取他年耆舊傳與君名字牽連清風一枕

晚涼天覺來還自笑此夢倩誰圓

壬戌歲生日書懷

六十三年無限事從頭悔恨難追已知六十二年非只應今日是後日又尋思　少是多非惟有酒何須過後方知從今休似去年時病中留客飲醉裏和人詩

窄樣金杯教換了房櫳試聽珊珊莫教秋扇雪團團古今悲笑事長付後人看　記取桔槔春雨後短畦菊艾相連拙於人處

巧於天君看滌地水難得正方圓右再用圓字韻

戲為山園蒼壁解嘲

莫笑吾家蒼壁小稜層勢欲摩空相知惟有主人翁有心雄泰華無意巧玲瓏　天作高山誰得料解嘲試倩楊雄君看當日仲尼窮從人賢子貢自欲學周公

簪花屢墮戲作

鼓子花開春爛熳荒園無限思量今朝柱杖過西鄉急呼挑糞渡為看牡丹忙　不

管昨宵風雨橫依然紅紫成行白頭陪奉
少年場一枝簪不住推道帽簷長

又

醉帽吟鞭花不住却招花共商量人生何
必醉為鄉從教斟酒淺休更和詩忙一
斗百篇風月地饒他老子當行從今三萬
六千場青青頭上髮還作柳絲長

昨日得家報牡丹漸開連月少
雨多晴常年未有僕留龍安蕭

寺諸君亦不果來豈牡丹留不
住爲可恨邪因取來韻爲牡丹
下一轉語

秖恐牡丹留不住與春約束分明未開微
雨半開晴要花開定準又更與花盟魏
紫朝來將進酒玉盤盂樣先呈鞓紅似向
舞腰橫風流人不見錦繡夜間行

又

老去渾身無著處天教只住山林百年光

景百年心更歡須歎息無病也呻吟試
向浮瓜沈李處清風散髮披襟莫嫌淺後
更頻斟要他詩句好須是酒杯深

停雲偶作

偶向停雲堂上坐曉猿夜鶴驚猜主人何
事太塵埃低頭還說向被召又還來多
謝北山山下老殷勤一語佳哉借君竹杖
與芒鞋徑須從此去深入白雲堆

蝶戀花

和趙景明知縣韻

老去怕尋年少伴畫棟朱簾風月無人管公子看花朱碧亂新詞攪斷相思怨涼夜愁腸千百轉一鴈西風錦字何時遣畢竟啼鳥才思短喚回曉夢天涯遠

和楊濟翁韻首句用丘宗卿書中語

點檢笙歌多釀酒胡蝶西園暖日明花柳醉倒東風眠畫錦覺來小院重攜手可

惜春殘風又雨收拾情懷閑把詩僝僽楊
柳見人離別後腰肢近日和他瘦

繼楊濟翁韻餞范南伯知縣歸
京口

泪眼送君傾似雨不折垂楊只倩愁隨去
有底風光留不住烟波萬頃春江艣老
馬臨流癡不渡應惜障泥忘了尋春路身
在稼軒安穩處書來不用多行數

席上贈楊濟翁侍兒

小小年華才月半羅幕春風幸自無人見
剛道羞郎低粉面旁人瞥見回嬌盼昨
夜西池陪女伴柳困花慵見說歸來晚勸
客持觴渾未慣未歌先覺花枝顫

用趙文鼎提舉送李正之提刑
韻送鄭元英

莫向樓頭聽漏點說與行人默默情千萬
總是離愁無近遠人間兒女空恩怨錦
繡心胸冰雪面舊日詩名曾道空梁燕傾

盞未償平日願一杯早唱陽關勸

客有燕語鶯啼人乍遠之句用

爲首句

燕語鶯啼人乍遠却恨西園依舊鶯和燕笑語十分愁一半翠圍特地春光暖只道書來無過雁不道柔腸近日無腸斷柄玉莫搖湘淚點怕君喚作秋風扇

送祐之弟

衰草斜陽三萬頃不算飄零天外孤鴻影

幾許淒涼須痛飲行人自向江頭醒會
少離多看兩鬢萬縷千絲何況新來病不
是離愁難頓整被他引惹其他恨

元日立春

誰向椒盤簪綵勝整整韶華爭上春風鬢
往日不堪重記省為花長把新春恨春
未來時先借問晚恨開遲早又飄零近今
歲花期消息定只愁風雨無憑準

月下醉書雨巖石浪

九畹芳菲蘭佩好空谷無人自怨蛾眉巧寶瑟泠泠千古調朱絲絃斷知音少 冉冉年華吾自老水滿汀洲何處尋芳草喚起湘纍歌未了石龍舞罷松風曉

用前韻送人行

意態憨生元自好學畫鴉兒舊日偏他巧蜂蝶不禁花引調西園人去春風少 春已無情秋又老誰管閑愁千里青青草今夜倩簪黃菊了斷腸明日霜天曉

又

洗盡機心隨法喜看取尊前秋思如春意
誰與先生寬髮齒醉時唯有歌而已　歲
月何須溪上記千古黃花自有淵明比高
卧石龍呼不起微風不動天如醉

又

何物能令公怒喜山要人來人要山無意
恰似哀箏絃下齒千情萬意無時已　自
要溪堂韓作記今代機雲好語花難比老

眼狂花空處起銀鈎未見心先醉

小重山

席上和人韻送李子永提幹

旋製離歌唱未成陽關先畫出柳邊亭中年懷抱管絃聲難忘處風月此時情　夜雨共誰聽儘教清夢去兩三程商量詩價重連城想如老漢殿舊知名

三山與客泛西湖

綠漲連雲翠拂空十分風月處著衰翁垂

楊影斷岸西東　君恩重教且種夫容
十里水晶宮有時騎馬去笑兒童殷勤却
謝打頭風舡兒住且醉浪花中

末利

倩得薰風染綠衣國香收不起透冰肌略
開些箇未多時窗兒外却早被人知越
惜越嬌癡一枝雲鬢上那人宜莫將他去
比荼蘼分明是他更韻些兒

南鄉子

隔戶語春鶯纔掛簾兒斂袂行漸見凌波
羅襪步盈盈隨笑隨顰百媚生　着意聽
新聲盡是司空自教成今夜酒腸難道窄
多情莫放紗籠蠟炬明

舟行記夢

欹枕艣聲邊貪聽咿啞聒醉眠夢裏笙歌
花底去依然翠袖盈盈在眼前　別後兩
眉尖欲說還休夢已闌只記埋寃前夜月
相看不管人愁獨自圓

慶前岡周氏旌表

無虧着風光天上 飛來詔十行父老懽呼童稚舞前岡千載周家孝義鄉 草木盡芬芳更覺溪頭水也香我道烏頭門側畔諸郎準備他年晝錦堂

送趙國宜赴高安戶曹 趙乃茂嘉郎中之子茂嘉嘗為高安幕官題詩甚多

日日老萊衣更解風流蠟鳳嬉膝上放教文度去須知要使人看玉樹枝 剩記乃

翁詩綠水紅蓮覔舊題歸騎春衫花滿路
相期來歲流觴曲水時

登京口北固亭有懷

何處望神州滿眼風光北固樓千古興亡
多少事悠悠不盡長江滚滚流　年少萬
兜鍪坐斷東南戰未休天下英雄誰敵手
曹劉生子當如孫仲謀

稼軒長短句卷之八

稼軒長短句卷之九

鷓鴣天

離豫章別司馬漢章大監

聚散怱怱不偶然二年歷遍楚山川但將痛飲醻風月莫放離歌入管絃　縈綠帶點青錢東湖春水碧連天明朝放我東歸去後夜相思月滿船

和張子志提舉

別恨粧成白髮新空教兒女笑陳人醉尋

夜雨旗亭酒夢斷東風輦路塵　騎騄駬籋青雲看公冠佩玉階春忠言句句唐虞際便是人間要路津

又

楊姐風流有幾人當年未遇已心親金陵種柳歡娛地庾嶺逢梅寂寞濱　鐏似海筆如神故人南北一般春玉人好把新粧樣淡畫眉兒淺注脣

代人賦

晚日寒鴉一片愁柳塘新綠却溫柔若教眼底無離恨不信人間有白頭　腸已斷淚難收相思重上小紅樓情知已被山遮斷頻倚闌干不自由

又

陌上柔桑破嫩芽東鄰蠶種已生些平岡細草鳴黃犢斜日寒林點暮鴉　山遠近路橫斜青旗沽酒有人家城中桃李愁風雨春在溪頭薺菜花

又

撲面征塵去路遙香篝漸覺水沉銷山無重數週遭碧花不知名分外嬌　人歷歷馬蕭蕭旗旌又過小紅橋愁邊剩有相思句搖斷吟鞭碧玉梢

又

唱徹陽關淚未乾功名餘事且加餐浮天水送無窮樹帶雨雲埋一半山　今古恨幾千般只應離合是悲懽江頭未是風波

惡別有人間行路難

鵝湖道中

一榻清風殿影涼涓涓流水響回廊千章雲木鉤輈叫十里溪風穲稏香　衝急雨趁斜陽山園細路轉微茫倦途却被行人笑只爲林泉有底忙

鵝湖歸病起作

枕簟溪堂冷欲秋斷雲依水晚來收紅蓮相倚渾如醉白鳥無言定自愁　書咄咄

且休休一丘一壑也風流不知筋力衰多少但覺新来懶上樓

又

指點齋樽特地開風帆莫引酒船回方驚共折津頭柳却書重尋嶺上梅 催月上喚風来莫愁鉼罄耻金罍只愁畫角樓頭起急管哀絃次第催

又

着意尋春懶便回何如信步兩三杯山繞

好處行還倦，詩未成時雨早（去聲）催。攜竹杖，更芒鞋，朱朱粉粉野蒿開。誰家寒食歸寧女，笑語柔桑陌上來。

又

翠木千尋上薜蘿，東湖經雨又增波。只因買得青山好，却恨歸來白髮多。明畫燭，洗金荷，主人起舞客齊歌。醉中只恨歡娛少，無奈明朝酒醒何。

又

困不成眠奈夜何情知歸未轉愁多暗將
往事思量遍誰把多情惱亂他　些底事
誤人哪不成真箇不思家嬌癡却妬香香
睡喚起醒鬆說夢些

鄭守厚卿席上謝余伯山用其
韻

夢斷京華故倦游只今芳草替人愁陽關
莫作三疊唱越女應須為我留　看逸韻
自名流青衫司馬且江州君家兄弟真堪

笑箇箇能修五鳳樓

和人韻有所贈

趁淂春風汗漫游見他歌後怎生愁事如芳草春長在人似浮雲影不留　眉黛斂眼波流十年薄倖謾揚州明朝短棹輕秋夢只在溪南罨畫樓

徐衡仲撫幹惠琴不受

千丈陰崖百丈溪孤桐枝上鳳偏宜玉香落落雖難合橫理庚庚定自奇山谷聽摘阮歌云立

壁庚庚有横理人散後月明時試彈幽憤淚空垂不如却付騷人手留和南風解慍詩

用前韻和趙文鼎提舉賦雪

莫上扁舟訪剡溪淺斟低唱正相宜從教犬吠千家白且與梅成一段奇 香暖處酒醒時畫簷玉筯已偷垂笑君解釋春風恨倩拂蠻牋只費詩

重九席上

戲馬臺前秋鴈飛管絃歌舞更旌旗要知

黃菊清高處，不入當年二謝詩。傾白酒，遶東籬。只於陶令有心期。明朝九日渾蕭灑，莫使樽前欠一枝。

又

有甚閑愁可皺眉。老懷無緒自傷悲。百年旋逐花陰轉，萬事長看鬢髮知。溪上枕，竹間棋。怕尋酒伴懶吟詩。十分筋力誇强健，只比年時病起時。

送范先之秋試

白苧千袍入嫩凉春蠶食葉響迴〻郎禹門
已準桃花浪月殿先收桂子香　鵬北海
鳳朝陽又擕書劒路茫茫明年此日青雲
上卻笑人間舉子忙

又

一夜清霜變鬢絲怕愁剛把酒禁持玉人
今夜相思不想見頻將翠枕移　真箇恨
未多時也應香雪減些〻兒萎花照面須頻
記曾道偏宜淺畫眉

送歐陽國瑞入吳中

莫避春陰上馬遲春來未有不陰時人情展轉閑中看客路崎嶇倦後知　梅似雪柳如絲試聽別語慰相思短蓬吹飯鱸魚熟除却松江枉費詩

又

木落山高一夜霜北風驅鴈又離行無言每覺情懷好不飲能令興味長　頻聚散試思量為誰春草夢池塘中年長作東山

恨莫遣離歌苦斷腸

席上再用韻

水底明霞十頃光天敎鋪錦襯鴛鴦最憐楊柳如張緒却笑蓮花似六郎　方竹簟小胡床晚來消得許多凉背人白鳥都飛去落日殘鴉更斷腸

石門道中

山上飛泉萬斛珠懸崖千丈落鼪鼯巳通樵逕行還礙似有人聲聽却無　閑略彴

遠浮屠溪南脩竹有茅廬莫攜杖屨頻来徃此地偏宜着老夫

敗棋罰賦梅雨

漠漠輕陰撥不開江南細雨熟黄梅有情無意東邊日已怒重驚忽地雷　雲柱礎水樓臺羅衣費盡博山爐當時一識和羹味便道爲霖消息来

黄沙道中即事

句裏春風正剪裁溪山一片畫圖開輕鷗

自趁虛船去荒犬還迎野婦回 松共竹翠成堆要擘殘雪鬬疎梅亂鴉畢竟無才思時把瓊瑤蹴下來

元溪不見梅

千丈冰溪百步雷柴門都向水邊開亂雲賸帶炊烟去野水閑將日影來 穿窈窕過崔嵬東林試問幾時栽動搖意態雖多竹點綴風流却欠梅

戲題村舍

雞鴨成群晚未收桑麻長過屋山頭有何不可吾方羨要底都無飽便休　新柳樹舊沙洲去年溪打那邊流自言此地生兒女不嫁余家即聘周

春日即事題毛村酒壚

春日平原薺菜花新耕雨後落群鴉多情白髮春無奈晚日青帘酒易賒　閑意態細生涯牛欄西畔有桑麻青裙縞袂誰家女去趂蠶生看外家

睡起即事

水荇參差動綠波一池蛇影噤群蛙因風野鶴飢猶舞積雨山梔病不花名利處戰爭多門前蠻觸日干戈不知更有槐安國夢覺南柯日未斜

又

石壁虛雲積漸高溪聲遶屋幾週遭自從一雨花零落卻愛微風草動搖 呼玉友薦溪毛殷勤野老苦相邀杖藜忽避行人

去認是翁來却過橋

送元濟之歸豫章

欹枕婆娑兩鬢霜起聽簷溜碎喧江那邊王筋銷啼粉這裏車輪轉別腸　詩酒社水雲鄉可堪醉墨幾淋浪畫圖恰似歸家夢千里河山寸許長

尋菊花無有戲作

掩鼻人間臭腐場古來惟有酒偏香自從來住雲煙畔直到而今歌舞忙　呼老伴

共秋光黄花何處避重陽要知爛熳開時節直待西風一夜霜

席上吴子似諸友見和再用韻荅之

翰墨諸公久擅塲胷中書傳許多香都無絲竹啣杯樂却看龍虵落筆忙　閑意思老風光酒徒今有幾髙陽黄花不怯西風冷只怕詩人兩鬢霜

又

自古高人最可嗟只因踈懶取名多居山一似庚桑楚種樹真成郭槖駝　雲子飯水精瓜林間攜客更烹茶君歸休矣吾忙甚要看蜂兒晚趁衙

三山道中

拋却山中詩酒窠却來官府聽笙歌閑愁做弄天來大白髮栽埋日許多　新劍戟舊風波天生予懶奈予何此身已覺渾無事却教兒童莫恁麽

又

點盡蒼苔色欲空竹籬茅舍要詩翁花餘
歌舞讙娛外詩在經營慘澹中聽軟語
笑裏容一枝斜墜翠鬟鬆淺顰深笑誰記
醉看取蕭然林下風

用前韻賦梅三山梅開時猶有
青葉余時病齒

病繞梅花酒不空齒牙牢在莫欺翁恨無
飛雪青松畔却放踈花翠葉中冰作骨

玉為容常年宮額鬢雲鬆直須爛醉燒銀燭横笛難堪一再風

又

桃李漫山過眼空也曾惱損杜陵翁若將玉骨冰姿比李蔡為人在下中尋驛使寄芳容隴頭休放馬蹄鬆吾家籬落黃昏後剩有西湖處士風

有感

出處從來自不齊後車方載太公歸誰知

寂寞空山裏却有高人賦采薇　黄菊嫩
晚香枝一般同是採花時蜂兒辛苦多官
府胡蝶花間自在飛

讀淵明詩不能去手戲作小詞
以送之

晚歲躬耕不怨貧隻雞斗酒聚比鄰都無
晉宋之間事自是羲皇以上人　千載後
百篇存更無一字不清真若教王謝諸郎
在未抵柴桑陌上塵

又

鬢底青青無限春落紅飛雪謾紛紛黃花也伴秋光老何似尊前見在身　書萬卷筆如神眼看同輩上青雲箇中不許兒童會只恐功名更逼人

戊午拜復職奉祠之命

老退何曾說著官今朝放罷上恩寬便支香火真祠俸更綴文書舊殿班　扶病腳洗衰顏快從老病借衣冠此身忘世渾容

易使卋相忘却自難

和趙晋臣敷文韻

綠鬢都無白髮侵醉時拈筆越精神愛將無語追前事更把梅花比那人　回急雪遏行雲近時歌舞舊時情君侯要識誰輕重看取金杯幾許深

和傅先之提舉賦雪

泉上長吟我獨清喜君来共雪爭明已驚並水鷗無色更怯行沙蟹有聲　添爽氣

動雄情奇因六出　憶陳平切切嫌鳥雀投林
七觸破當樓雲母屏

博山寺作

不向長安路上行卻教山寺厭逢迎味無
味處求吾樂材不材間過此生　寧作我
豈其卿人間走遍卻歸耕一松一竹真朋
友山鳥山花好弟兄

不寐

老病那堪歲月侵霎時光景直千金一生

不負溪山債百藥難治書史淫　隨巧拙
任浮沉人無同處面如心不妨舊事從頭
記要寫行藏入笑林

有客慨然談功名因追念少年
時事戲作

壯歲旌旗擁萬夫錦襜突騎渡江初燕兵
夜娖側角切銀胡䩮漢箭朝飛金僕姑
追往事嘆今吾春風不染白髭鬚却將万
字平戎策換得東家種樹書

祝良顯家牡丹一本百朶

占斷雕欄只一株春風費盡幾工夫天香夜染衣猶濕國色朝酣酒未蘇　嬌欲語巧相扶不妨老榦自扶疎恰如翠幙高堂上來看紅衫百子圖

賦牡丹主人以謗花索賦解嘲

翠蓋牙籤幾百株楊家姊妹夜遊初五花結隊香如霧一朶傾城醉未蘇　閑小立困相扶夜來風雨有情無愁紅慘綠今宵

看却似吳宮教陣圖

再賦

濃紫深黃一畫圖中間更有玉盤盂先裁
翡翠裝成蓋更點胭脂染透酥香瀲灧
錦模糊主人長得醉工夫莫携弄玉欄邊
去羞得花枝一朵無

又

去歲君家把酒杯雪中曾見牡丹開而今
紈扇薰風裏又見疎枝月下梅歡幾許

醉方回明朝歸路有人催低聲待向他家道帶得歌聲滿耳來

壽吳子似縣尉時攝事城中

上巳風光好放懷故人猶未看花回茂林映帶誰家竹曲水流傳第幾杯　摛錦繡寫瓊瑰長年富貴屬多才要知此日生男好曾宥周公祓禊來

寄葉仲洽

是處移花是處開古今興廢幾池臺背人

翠羽偷魚去，抱蘂黃鬚趁蝶來。掀老甕，撥新醅，客來且盡兩三杯。日高盤饌供何晚，市遠魚鮭買未回。

登一丘一壑偶成

莫殢春光花下遊，便須準備落花愁。百年雨打風吹却，萬事三平二滿休。將擾擾，付悠悠，此生於世百無憂。新愁次第相拋舍，要伴春歸天盡頭。

和吴子似山行韻

誰共春光管日華　朱朱粉粉野蒿花閑愁投老無多子病酒而今較減些　山遠近路橫斜正無聊處管絃譁去年醉處猶能記細數溪邊苐幾家

過峽石用韻荅吳子似

嘆息頻年廩未高新詞空賀此丘遭遙知醉帽時時落見說吟鞭步步搖　乾玉唾秃錐毛只今明月費招邀最憐烏鵲南飛句不解風流見二喬

吴子似過秋水

秋水長廊水石間有誰來共聽潺湲羨君人物東西晉分我詩名大小山窮自樂晚方閑人間路窄酒杯寬看君不了癡兒事又似風流靖長官

和章泉趙昌父

萬事紛紛一笑中淵明把菊對秋風細看爽氣今猶在惟有南山一似翁　情味好語言工三賢高會古來同誰知止酒停雲

老獨立斜陽數過鴻

瑞鷓鴣

京口有懷山中故人

暮年不賦短長詞和得淵明數首詩君自不歸歸甚易今猶未足足何時偷山定向山中老此意須教鶴輩知聞道只今秋水上故人曾榜北山移

京口病中起登連滄觀偶成

聲名少日畏人知老去行藏與願違山草

舊曾吟遠志故人今又寄當歸 何人可覓安心法有客來觀杜德機 郤笑吏君那得似清江萬頃白鷗飛

又

膠膠擾擾幾時休 一出山來不自由 秋水觀中山月夜 停雲堂下菊花秋 隨緣道理應須會 過分功名莫強求 先自一身愁不了 那堪愁上更添愁

乙丑奉祠歸舟次餘干賦

江頭日日打頭風憔悴歸來邴曼容鄭賈
正應求死鼠葉公豈是好真龍　孰居無
事陪犀首未辦求封遇萬松卻笑千年曹
孟德夢中相對也龍鍾

又

期思溪上日千回樟木橋邊酒數杯人影
不隨流水去醉顏重帶少年來　疏蟬響
澁林逾靜冷蝶飛輕菊半開不是長卿終
慢世只緣多病又非才

稼軒長短句卷之十

玉樓春

席上贈別上饒黃倅巃嵸雨巖堂名通判

雨當時民謠吏垂頭亦渠攝郡時事

往年巃嵸堂前路路上人誇通判雨去年拄杖過瓢泉縣吏垂頭民歎語　學窺聖處文章古清到窮時風味苦尊前老泪不成行明日送君天上去

效白樂天體

少年才把笙歌盞夏日非長秋夜短因他
老病不相饒把好心情都做懶故人別
後書來勸乍可停杯强喫飯云何相見酒
邊時却道達人須飲滿

用韻答葉仲洽

狂歌擊碎村醪盞欲舞還憐衫袖短心如
溪上釣磯閑身似道傍官堠嬾　山中有
酒提壺勸好語憐君堪鄭飯至今有句落
人間渭水秋風黃葉滿諺云饞如鷄子懶如堠子

用韻荅吴子似縣尉

君如九醖臺粘餞我似茅柴風味短幾時秋水美人來長恐扁舟乘興嬾　高懷自飲無人勸馬有青芻奴白飯向來珠履玉簪人頗覺斗量車載滿

客有遊山者忘攜具而以詞來索酒用韻以荅余時以病不往

山行日日妨風雨風雨晴時君不去墻頭塵滿短轅車門外人行芳草路　城南東

野應聯句好記琅玕題字處也應竹裏着
衙廚已向甕間防吏部

再和

人間反覆成雲雨鳧鴈江湖來又去十千
一斗飲中僊一百八盤天上路舊時楓
落吳江句今日錦囊無着處看封關外水
雲侯剩按山中詩酒部

戲賦雲山

何人半夜推山去四面浮雲猜是汝常時

相對兩三峯走徧溪頭無覓處 西風瞥起雲橫度忽見東南天一柱老僧指手笑相夸且喜青山依舊住

用韻荅傳巖叟葉仲洽趙國興

青山不解乘雲去怕有愚公驚着汝人間蹈地出租錢借使移將無着處 三星昨夜光移度妙語来題橋上柱黄花不插滿頭歸空倩白雲遮且住

又

無心雲自來還去元共青山相爾汝霎時
迎雨障崔嵬雨過却尋歸路處　侵天翠
竹何會度遙見屹然星砥柱今朝不管亂
雲深來伴僊翁山下住

又

瘦筇倦作登高去却怕黄花相爾汝嶺頭
拭目望龍安更在雲烟遮斷處　思量落
帽人風度休說當年功紀柱謝公直是愛
東山畢竟東山留不住

又

風前欲勸春光住春在城南芳草路未隨流落水邊花且作飄零泥上絮　鏡中已覺星星誤人不負春春自負夢回人遠許多愁只在梨花風雨處

又

三三兩兩誰家娘聽取鳴禽枝上語提壺沽酒已多時婆餅焦時須早去　醉中忘却來時路借問行人家住處只尋古廟那

邊行更過溪南烏桕樹

寄題文山鄭元英巢經樓

悠悠莫向文山去要把襟裾牛馬汝逢知
書帶草邊行正在雀羅門裏住　平生插
架昌黎句不似拾柴東野苦侵天且擬鳳
凰巢掃地從他鸜鵒舞

樂令謂衛玠人未嘗夢擣齏
鐵杵乘車入鼠穴以謂世無是
事故也余謂古無是事而有是理

樂所謂無猶云有也戲作數語以明之

有無一理誰差別樂令區區猶未達事言無處未嘗無試把所無憑理說　伯夷飢採西山蕨何異擕蠶賚杵鐵仲尼去衛又之陳此是乘車穿鼠穴

隱湖戲作

客來底事逢迎晚竹裏鳴禽尋未見日高猶苦聖賢中門外誰酣蠻觸戰　多方為

渴泉尋徧何日成陰松種滿不辭長向水
雲來只怕頻頻魚鳥倦

有自九江以石中作觀音像持
送者因以詞賦之

琵琶亭畔多芳草時對香爐峯一笑偶然
重傍玉溪東不是白頭誰覺老 補陁大
士神通妙影入石頭光了了肯來持獻可
無言長似慈悲顏色好

乙丑京口奉祠西歸將至儀眞

江頭一帶斜陽樹總是六朝人住處悠悠興廢不關心惟有沙洲雙白鷺儛人磯下多風雨好卸征帆留不住直須抖擻盡塵埃却趁新涼秋水去

鵲橋僊

為人慶八十席上戲作

朱顏暈酒方瞳點漆閑傍松邊倚杖不須更展畫圖看自是箇壽星模樣 今朝盛事一杯深勸更把新詞齊唱人間八十最

風流長貼在兒兒額上　下兒字當作孫

和范先之送祐之弟歸浮梁

小窻風雨從今便憶中夜笑談清軟啼鴂裏柳自無聊更管得離人腸斷　詩書事業青氊猶在頭上貂蟬會見莫貪風月臥江湖道日近長安路遠

壽余伯熙察院

鵷冠風采繡衣聲價曾把經綸少試看看有詔日邊來便入侍明光殿裏　東君未

老花明柳媚且引玉舡沈醉好将三萬六千場自今日從頭數起

己酉山行書所見

松岡避暑茆簷避雨閑去閑来幾度醉扶怪石看飛泉又却是前回醒處　東家娶婦西家歸女燈火門前笑語釀成千頃稻花香夜夜費一天風露

慶岳母八十

八旬慶會人間盛事齊勸一杯春釀臙脂

小字點眉間猶記得舊時宮樣　綠衣更着功名富貴直過太公以上大家着意記新詞遇看箇十年便唱

贈鷺鷥

溪邊白鷺來吾告汝溪裏魚兒堪數主人憐汝汝憐魚要物我欣然一處　白沙遠浦青泥別渚剩有鰕跳鰍舞聽君飛去飽時來看頭上風吹一縷

席上和趙晉臣敷文

少年風月少年歌舞老去方知堪羨嘆折腰五斗賦歸來問走了羊腸幾遍　高車駟馬金章紫綬傳語渠儂穩便問東湖帶得幾多春且看凌雲筆健

西江月

江行采石岸戲作漁父詞

千丈懸崖削翠一川落日鎔金白鷗來往本無心選甚風波一任　别浦魚肥堪鱠前村酒美重斟千年往事已沈沈閑管興

亡則甚

壽范南伯知縣

秀骨青松不老新詞玉佩相磨靈槎準擬泛銀河剩摘天星幾箇南伯去歲七月生子奠枕樓頭風月駐春亭上笙歌留君一醉意如何金印明年斗大

和楊民瞻賦丹桂韻

宮粉厭塗嬌額濃粧要壓秋花西真人醉憶僊家飛佩丹霞羽化　十里芬芳未足

一亭風露先加杏腮桃臉費鉛華終慣秋
蟾影下

癸丑正月四日自三山被召經從
建安席上和陳安行舍人韻

風月亭危致爽管絃聲脆休催主人只是
舊情懷錦瑟旁邊須醉　玉殿何須儂去
沙堤政要公來看看紅藥又翻階趁取西
湖春會

用韻和李兼濟提舉

且對東君痛飲莫教華髪空催瓊瑰千字
已盈懷消得津頭一醉
休唱陽關别去只今鳳詔歸來五雲兩兩
望三台已覺精神聚會

三山作

貪數明朝重九不知過了中秋人生有得
許多愁只有黄花如舊　萬象亭中殢酒
九僊閣上扶頭城鴉喚我醉歸休細雨斜
風時候

夜行黃沙道中

明月別枝驚鵲，清風半夜鳴蟬。稻花香裏說豐年，聽取蛙聲一片。　七八箇星天外，兩三點雨山前。舊時茆店社林邊，路轉溪橋忽見。

春晚

賸欲讀書已嬾，只因多病長閑。聽風聽雨小閣眠，過了春光太半。　往事如尋去鳥，清愁難解連環。流鶯不肯入西園，喚畫

梁飛燕

木犀

金粟如來出世蘂宫僊子乘風清香一袖意無窮洗盡塵緣千種　長為西風作主更居明月光中十分秋意與玲瓏拚却今宵無夢

壽祐之弟時新居落成

畫棟新垂簾幕華燈未放笙歌一杯瀲灔泛金波先向太夫人賀　富貴吾應自有

功名不用渠多只將綠鬢貲抵羲娥金印須敎斗大

遣興

醉裏且貪歡笑要愁那得工夫近來始覺古人書信着全無是處　昨夜松邊醉倒問松我醉何如只疑松動要來扶以手推松曰去

和趙晉臣敷文賦秋水瀑泉

八萬四千偈後更誰妙語披襟紉蘭結佩

有同心嗄取詩爲來歛　鏤玉裁氷着句
高山流水知音胸中不受一塵侵却怕靈
均獨醒

悠然閣

一柱中擎遠碧兩峰旁聳高寒横陳削就
短長山莫把一分增減　我望雲烟目斷
人言風景天慳被公詩筆盡追還重上層
梯一覽

示兒曹以家事付之

萬事雲烟忽過百年蒲柳先衰而今何事最相宜宜醉宜遊宜睡　早趁催科了納更量出入收支乃翁依舊管些兒管竹管山管水

又

粉面都成醉夢霜髯能幾春秋來時誦我伴牢愁一見尊前似舊　詩在陰何側畔字居羅趙前頭錦囊來往幾時休已遣蛾眉等候

朝中措

醉歸寄祐之弟

籃輿嫋嫋破重岡玉笛兩紅粧這裏都愁
酒盡那邊正和詩忙　爲誰醉倒爲誰歸
去都莫思量白水東邊籬落斜陽欲下牛
羊

又

綠萍池沼絮飛忙花入蜜脾香長怪春歸
何處誰知箇裏迷藏　殘雲賸雨些兒意
思直恁思量不是流鶯驚覺夢中啼損紅

糚　又

夜深殘月過山房睡覺北牕涼起遶中庭

獨步一天星斗文章　朝來客話山林鍾

鼎那處難忘君向沙頭細問白鷗知我行

藏

為人壽

年年黃菊灩秋風更有拒霜紅黃似舊時

宮額紅如此日芳容　青青未老尊前要

看兒輩平戎試釀西江為壽西江綠水無

窮　又

年年金蘂灔西風人與菊花同霜鬢經春重綠僊姿不飲長紅　焚香度日儘從容笑語調兒童一歲一杯為壽從今更數千鍾

九日小集時楊世長將赴南宮

年年團扇怨秋風愁絕寶杯空山下卧龍手度臺前戲馬英雄　而今休也花殘一似人老花同莫怪東籬韻減只今丹桂香濃

清平樂

博山道中即事

柳邊飛鞚露濕征衣重宿鷺窺沙孤影動應有魚鰕入夢　一川明月疏星浣沙人影娉婷笑背行人歸去門前稚子啼聲

又

茅簷低小溪上青青草醉裏吳音相媚好白髮誰家翁媼　大兒鋤豆溪東中兒正織雞籠最喜小兒亡賴溪頭看剝蓮蓬

獨宿博山王氏菴

遶床飢鼠，蝙蝠翻燈舞。屋上松風吹急雨，破紙窗間自語。　平生塞北江南，歸來華髮蒼顏。布被秋宵夢覺，眼前萬里江山。

檢校山園書所見

連雲松竹，萬事從今足。拄杖東家分社肉，白酒床頭初熟。　西風梨棗山園，兒童偷把長竿。莫遣傍人驚去，老夫靜處閑看。

又

斷崖松竹，竹裏藏冰玉。路轉清溪三百曲，

香滿黃昏雪屋　行人繫馬踈籬折殘猶有高枝留得東風數點只緣嬌嫩春遲

爲兒鐵柱作

靈皇醮罷福祿都來也試引鵷雛花樹下斷了驚驚怕怕　從今日日聰明更宜潭妹嵩兄看取辛家鐵柱無災無難公卿

木犀

月明秋曉翠盖團團好碎翦黃金敎恁小都着葉兒遮了　打來休似年時小囱能

有高低無頪許多香處只消三兩枝兒

再賦

東園向曉陣陣西風好嗅起儂人金小小翠羽玲瓏裝了　一枝枕畔開時羅帷翠幙垂低恁地十分遮護打窻早有蜂兒

憶吴江賞木犀

少年痛飲憶向吴江醒明月團團高樹影十里水沈烟冷　大都一點宫黄人間直恁芬芳怕是秋天風露染教世界都香

壽信守王道夫

此身長健還却功名願枉讀平生三萬卷滿酌金杯聽勸　男兒玉帶金魚能消幾許詩書料得今宵醉也兩行紅袖爭扶

壽趙民則提刑時新除且素不喜飲

詩書萬卷合上明光殿樓上文書看未遍眉裏陰功早見　十分竹瘦松堅看君自是長年若解尊前痛飲精神便是神僊

題上盧橋

清泉奔快不管青山礙十里盤盤平世界更着溪山襟帶　古今陵谷茫茫市朝往往耕桑此地居然形勝似曾小小興亡

又

清詞索笑莫厭銀杯小應是天孫新與巧剪恨裁愁句好　有人夢斷關河小窻日飲亡何想見重簾不卷泪痕滴盡湘娥

呈趙昌甫時僕以病止酒昌甫

作詩數篇未及之

雲烟草樹山北山南雨溪上行人相背去唯有啼鴂一處　門前萬斛春寒梅花可惜摧殘使我長忘酒易要君不作詩難

書王德由主簿扇

溪回沙淺紅杏都開遍鸂鶒不知春水暖猶傍垂楊春岸　片帆千里輕船行人想見欹眠誰似先生高舉一行白鷺青天

好事近

中秋席上和王路鈐

明月到今宵，長是不如人約。想見廣寒宮殿，正雲梳風掠。夜深休更喚笙歌，簷頭雨聲惡。不是小山詞就，這一場寒索。

送李復州致一席上和韻

和淚唱陽關，依舊字嬌聲穩。回首長安何處，怕行人歸晚。垂楊折盡只啼鴂，把離愁勾引。却笑遠山無數，被行雲低損。

席上和王道夫賦元夕立春

綵勝鬭華燈平把東風吹却喚取雪中明月伴使君行樂　紅旗鐵馬響春冰老去此情薄惟有前村梅在倩一枝隨着

和城中諸友韻

雲氣上林梢畢竟非空非色風景不隨人去到而今留得　老無情味到篇章詩債怕人索却笑近來林下有許多詞客

稼軒長短句卷之十

稼軒長短句卷之十一

菩薩蠻

金陵賞心亭為葉丞相賦

青山欲共高人語聯翩萬馬來無數煙雨却低回望來終不來　人言頭上髮總向愁中白拍手笑沙鷗一身都是愁

用前韻

錦書誰寄相思語天邊數遍飛鴻數一夜夢千回梅花入夢來　漲痕紛樹髮霜落

瀟湘白心事莫驚鷗人間千萬愁

又

江搖病眼昏如霧送愁直到津頭路歸念樂天詩人生足別離　雲屏深夜語夢到君知否玉筯莫偷垂斷腸天不知

書江西造口壁

鬱孤臺下清江水中間多少行人淚西北望長安可憐無數山　青山遮不住畢竟江流去江晚正愁余山深聞鷓鴣

又

西風都是行人恨馬頭漸喜歸期近試上小紅樓飛鴻字字愁　闌干閑倚處一帶山無數不似遠山横秋波相共明

又

功名飽聽兒童說看公兩眼明如月萬里勒燕然老人書一編　玉階方寸地好趁風雲會他日赤松游依然萬户侯

送祐之弟歸浮梁

無情最是江頭柳長條折盡還依舊木葉下平湖鴈來書有無　鴈無書尚可好語憑誰和風雨斷腸時小山生桂枝

送鄭守厚卿赴闕

送君直上金鑾殿情知不久須相見一日甚三秋愁來不自由　九重天一笑定是留中了白髮少經過此時愁奈何

送曹君之莊所

人間歲月堂堂去勸君快上青雲路聖處

一燈傳工夫螢雪邊　麴生風味恐辜負
西囱約秋岸片帆開寄書無鴈來

席上分賦得櫻桃

香浮乳酪玻璃盌年年醉裏嘗新慣何物
比春風歌脣一點紅　江湖清夢斷翠籠
明光殿萬顆瀉輕勻低頭愧野人

賦摘阮

阮琴斜掛香羅綬玉纖初試琵琶手桐葉
雨聲乾真珠落玉盤　朱絃調未慣笑倩

春風倈莫作別離聲且聽雙鳳鳴

雪樓賞牡丹席上用楊民瞻韻

紅牙籤上羣僊格翠羅蓋底傾城色和雨泪闌干沈香亭北看　東風休放去怕有流鶯訴試問賞花人曉粧勻未勻

和盧國華提刑

旌旗依舊長亭路尊前試點鶯花數何處捧心顰人間別樣春　功名君自許少日聞雞舞詩句到梅花春風十萬家時羅籍中有放自便者

贈張醫道服為別且今餽河豚

萬金不換囊中術上醫元自能醫國軟語到更闌綈袍范叔寒　江頭楊柳路馬蹄春風去快趂兩三杯河豚欲上来

趙晉臣席上時張菩提葉燈趙茂嘉扶病攜歌者

看燈元是菩提葉依然會說菩提法法似一燈明須臾千萬燈　燈邊花更滿誰把空花散說與病維摩而今天女歌

題雲巖

遊人占却巖中屋白雲只在簷頭宿啼鳥苦相催夜深歸去来 松篁通一徑噤嘇山花冷今古幾千年西鄉小有天

重到雲巖戲徐斯遠

君家玉雪花如屋未應山下成三宿啼鳥幾曾催西風猶未来 山房連石徑雲臥衣裳冷倩得李延年清歌送上天

晝眠秋水

葛巾自向滄浪濯朝来漉酒那堪着高樹

莫鳴蟬晚涼秋水眠　竹床能幾尺上有華胥國山上咽飛泉夢中琴斷絃

卜筭子

脩竹翠羅寒遲日江山暮幽逕無人獨自芳此恨知無數　只共梅花語懶逐游絲去着意尋春不肯香香在無尋處

為人賦荷花

紅粉靚梳粧翠蓋低風雨占斷人間六月涼明月鴛鴦浦　根底藕絲長花裏蓮心

苦只為風流有許愁更襯佳人步

聞李正之茶馬訃音

欲行且起行欲坐重來坐坐坐行行有倦
時更枕閑書卧病是近來身嬾是從前
我靜掃瓢泉竹樹陰且恁隨緣過

飲酒敗德

盜跖儻名丘孔子還名跖跖聖丘愚直到
今美惡無真實 簡策寫虛名螻蟻侵枯
骨千古光陰一霎時且進杯中物

用莊語

一以我爲牛一以我爲馬人與之名受不辭善學莊周者　江海任虛舟風雨從飄瓦醉者乘車墜不傷全得於天也

又

夜雨醉瓜廬春水行秧馬點檢田間快活人未有如翁者　掃禿兔毫錐磨透銅臺瓦誰伴揚雄作解嘲烏有先生也

又

珠玉作泥沙山谷量牛馬試上纍纍丘壠
看誰是强梁者　水浸淺深簷山壓高低
瓦山水朝來笑問人翁早歸來也

又

千古李將軍奪得胡兒馬李蔡為人在下
中却是封侯者　芸草去陳根筧竹添新
瓦萬一朝家舉力田舍我其誰也

用韻答趙晋臣敷文趙有真得
歸方是閑堂

百郡怯登車千里輸流馬乞得膠膠擾擾
身却笈區區者　野水玉鳴渠急雨珠跳
瓦一榻清風方是閑真是歸來也

又

萬里籋浮雲一噴空凡馬嘆息曹瞞老驥
詩伏櫪如公者　山鳥哢窺簷野鼠飢翻
瓦老我癡頑合住此地菟裘也

齒落

剛者不堅牢柔底難摧挫不信張開口了

看舌在牙先墮 已闕兩邊廂又豁中間
箇說與兒曹莫笑翁狗竇從君過

飲酒成病

一箇去學僊一箇去學佛僊飲千杯醉似
泥皮骨如金石 不飲便康強佛壽須千
百八十餘年入涅盤且進杯中物

飲酒不寫書

一飲動連宵一醉長三日廢盡寒温不寫
書富貴何由得 請看塌中人塌似當時

筆萬札千書只恁休且進杯中物

醜奴兒

醉中有歌此詩以勸酒者聊檃括之

晚來雲淡秋光薄落日晴天落日晴天堂上風斜畫燭烟

從渠去買人間恨字字都圓字字都圓腸斷西風十四絃

尋常中酒扶頭後歌舞支持歌舞支持誰

把新詞嗄任伊
臨岐也有旁人笑笑已爭知笑已爭知明
月樓空燕子飛
　　書博山道中壁
烟蕪露麦荒池柳洗雨烘晴洗雨烘晴一
樣春風幾樣青
提壺脱袴催歸去萬恨千情萬恨千情各
自無聊各自鳴
此生自斷天休問獨倚危樓獨倚危樓不

信人間別有愁　君來正是眠時節君正
歸休君且歸休說與西風一任秋

又

少年不識愁滋味愛上層樓愛上層樓為
賦新詞強說愁　而今識盡愁滋味欲說
還休欲說還休却道天涼好箇秋

又

近來愁似天來大誰解相憐誰解相憐又
把愁來做箇天　都將今古無窮事放在

愁邊放在愁邊却自移家向酒泉

和鉛山陳簿韻二首

鵝湖山下長亭路明月臨關明月臨關幾陣西風落葉乾　新詞誰解裁冰雪筆墨生寒筆墨生寒會説離愁千萬般

年年索盡梅花笑踈影黄昏踈影黄昏香滿東風月一痕　清詩冷落無人寄雪艷冰魂雪艷冰魂浮玉溪頭煙樹村

浣溪沙

未到山前騎馬回風吹雨打已無梅共誰消遣兩三杯 一似舊時春意思百無是處老形骸也曾頭上戴花來

黃沙嶺

寸步人間百尺樓孤城春水一沙鷗天風吹樹幾時休 突兀趁人山石很朦朧避路野花羞人家平水廟東頭

壽內子

壽酒同斟喜有餘朱顏卻對白髭鬚兩人

百歲恰乘除　婚嫁剩添兒女拜平安頻
拆外家書年年堂上壽星圖

瓢泉偶作

新葺茆簷次第成青山恰對小窗橫去年
曾共燕經營　病却杯盤甘止酒老依香
火苦翻經夜來依舊管絃聲

壬子春赴閩憲別瓢泉

細聽春山杜宇啼一聲聲是送行詩朝來
白鳥背人飛　對鄭子真嵓石卧赴陶元

亮菊花期而今堪誦北山移

常山道中即事

北壠田高踏水頻西溪禾早已嘗新隔墻沽酒煮纖鱗　忽有微涼何處雨更無留影霎時雲賣瓜人過竹邊村

偕杜叔高吳子似宿山寺戲作

花向今朝粉面勻柳因何事翠眉顰東風吹雨細於塵　自笑好山如好色只今懷樹更懷人閑愁閑恨一番新

又

歌串如珠箇箇勻　被花勾引笑和顰　向來驚動畫梁塵　莫倚笙歌多樂事　相看紅紫又拋人　舊巢還有燕泥新

又

父老爭言雨水勻　眉頭不似去年顰　殷勤謝卻甑中塵　啼鳥有時能勸客　小桃無賴已撩人　梨花也作白頭新

別杜叔高

這裏裁詩別離那邊應是望歸期人言心急馬行遲　去雁無憑傳錦字春泥抵死汚人衣海棠過了有荼蘼

席上趙景山提幹賦溪臺和韻

臺倚崩崖玉滅瘢青山却作捧心顰遠林烟火幾家村　引入滄浪魚得計展成寥闊鶴能言幾時高處見層軒

又

妙手都無斧鑿瘢飽參佳處却成顰恰如

春入浣花村　筆墨今宵光有艷管絃從
此情無言主人席次兩眉軒

種松竹未成

草木於人也作疏秋來咫尺異榮枯空山
歲晚孰華予　孤竹君窮猶抱節赤松子
嫩已生鬚主人相愛肯留無

種梅菊

百世孫芳肯自媒直須詩句與推排不然
喚近酒邊來　自有陶潛方有菊若無和

請即無梅秖今何處向人開

別成上人併送性禪師

梅子生時到幾回桃花開後不須猜重來松竹意徘徊　慣聽禽聲應可譜飽觀魚陣已能排曉雲挾雨喚歸來

添字浣溪沙

答傳嵓叟酬春之約

艷杏妖桃兩行排莫携歌舞去相催次第未堪供醉眼去年栽　春意纔從梅裏過

人情都向柳邊来。咫尺東家還又有海棠
開。

用前韻謝嵓叟瑞香之惠

句裏明珠字字排。多情應也被春催。怪得
名花和淚送，雨中栽。　赤脚未安芳斛穩，
娥眉早把橘枝来。報道錦熏籠底下，麝臍
開。

三山戲作

記得瓢泉快活時。長年耽酒更吟詩。蓦地

捉將來斷送老頭皮遶屋人扶行不得閑
窻學得鷓鴣啼却有杜鵑能勸道不如歸

又

日日閑看燕子飛舊巢新壘畫簾低玉階
今朝推戊己住銜泥　先自春光留不住
那堪更著子規啼一陣晚香吹不斷落花
溪

與客賣山茶一朶忽墮地戲作

酒面低迷翠被重黃昏院落月朦朧墮髻

啼粧孫壽醉泥秦宮　試問花留春幾日
略無人管雨和風　瞥向綠珠樓下見墜殘
紅

簡傅嵓叟

總把平生入醉鄉大都三萬六千場今古
悠悠多少事莫思量　微有寒些春雨好
更無尋處野花香年去年來還又笑燕飛
忙

用前韻謝傅巖叟餽名花鮮蕈

楊柳溫柔是故鄉紛紛蜂蝶去年場大率
一春風雨事最難量 滿把攜來紅粉面
堆盤更覺紫芝香幸自麴生閑去了又教
忙 纔止酒

病起獨坐停雲

強欲加餐竟未佳只宜長伴病僧齋心似
風吹香篆過也無灰 山下朝來雲出岫
隨風一去未曾回次第前村行雨了合歸
來

虞美人

賦荼蘼

羣花泣盡朝來露爭怨春歸去不知庭下有荼蘼偷得十分春色怕春知　淡中有味清中貴飛絮殘紅避露華微浸玉肌香恰似楊妃初試出蘭湯

壽趙文鼎提舉

翠幈羅幙遮前後舞袖翻長壽紫髯冠佩御爐香看取明年歸奉萬年觴　今宵池

上蟠桃席咫尺長安日寶烟飛焰萬花濃

試看中間白鶴駕僊風

用前韻

一杯莫落他人後富貴功名壽骨中書傳

有餘香看寫蘭亭小字記流觴 問誰分

我漁樵席江海消閑日看看天上拜恩濃

却怕畫樓無處着春風

賦虞美人草

當年得意如芳草日日春風好拔山力盡

忽悲歌飲罷虞兮從此奈君何　人間不識精誠苦貪看青青舞驀然斂袂卻亭亭怕是曲中猶帶楚歌聲

浪淘沙

山寺夜半聞鍾

身世酒杯中萬事皆空古來三五箇英雄雨打風吹何處是漢殿秦宮　夢入少年叢歌舞匆匆老僧夜半誤鳴鍾驚起西窗眠不得捲地西風

賦虞美人草

不肯過江東玉帳匆匆只今草木憶英雄唱着虞兮當日曲便舞春風。兒女此情同往事朦朧湘娥竹上淚痕濃舜盖重瞳堪痛恨羽又重瞳

送吳子似縣尉

金玉舊情懷風月追陪扁舟千里興佳哉不似子猷行半路却棹船回來歲蕭蕭閑記我清杯西風雁過瑱山臺把似倩他

書不到好與同來

減字木蘭花

僧窗夜雨茶鼎熏爐宜小住卻恨春風勾引詩來惱殺翁　狂歌未可且把一尊料理我我到亡何卻聽儂家陌上歌

又

昨朝官告一百五年村父老更莫驚疑剛道人生七十稀　史君喜見恰限華堂開壽宴問壽如何百代兒孫擁太婆

長沙道中壁上有婦人題字若
有恨者用其意爲賦
盈盈泪眼往日青樓天樣遠秋月春花輸
與尋常姊妹家　水村山驛日暮行雲無
氣力錦字偷裁立盡西風鴈不來

稼軒長短句卷之十一

稼軒長短句卷之十二

南歌子

世事從頭减，秋懷徹底清。夜深猶遶枕邊聲。試問清溪底事未能平。　月到愁邊白，雞先遠處鳴。是中無有利和名。因甚山前未曉有人行。

獨坐蔗菴

玄入參同契，禪依不二門。細看斜日隙中塵。始覺人間何處不紛紛。　病笈春先到

閑知嬾是真百般啼鳥苦撩人除却提壺
此外不堪聞

新開池戲作

散髮披襟處浮瓜沈李杯涓涓流水細侵
階鑿箇池兒喚箇月兒來 畫棟頻搖動
紅蕖盡倒開鬬勻紅粉照香腮有箇人人
把做鏡兒猜

醉太平

態濃意遠眉顰笑淺薄羅衣窄絮風軟鬢

雲歎翠卷　南園花樹春光暖紅香徑裏
榆錢滿欲上秋千又鬆懶且歸休怕晚

漁家傲

爲余伯興蔡院壽信之讖云水
打鳥龜不三台出此時伯興舊
居城西直龜山之北溪水齧山
足矣意伯興當之耶伯興學道
有新功一日語余云溪上嘗得
異石有文隱然如記姓名且有

長生等字余未之見也因其生朝姑摭二事為詞以壽之

道德文章傳幾世到君合上三台位自是君家門戶事當此際龜山正抱西江水　三萬六千排日醉鬢毛只恁青青地江裏石頭爭獻瑞分明是中間有箇長生字

錦帳春

席上和杜叔高

春色難留酒杯常淺更舊恨新愁相間五

更風十里夢看飛紅幾片這般庭院　幾許風流幾般嬌嬾問相見何如不見燕飛忙鶯語亂恨重簾不捲翠屏平遠

太常引

建康中秋夜爲呂潛叔賦

一輪秋影轉金波飛鏡又重磨把酒問姮娥被白髮欺人奈何　乘風好去長空萬里直下看山河斫去桂婆娑人道是清光更多

壽韓南澗尚書

君王着意履聲間便合押紫宸班今代又尊韓道吏部文章泰山　一杯千歲問公何事早伴赤松閑功業後來看似江左風流謝安

賦十四絃

僊機似欲織纖羅髣髴度金梭無奈玉纖何却彈作清商恨多　朱簾影裏如花半面絕勝隔簾歌世路苦風波且痛飲公無

渡河

壽趙晉臣敷文彭溪晉臣所居

論公耆德舊宗英吳季子百餘歲奉使老於行更看舞聽歌最精　須同衛武九十入相蓑竹自青青富貴出長生記門外清溪姓彭

東坡引

玉纖彈舊怨還敲縷屏面清歌目送西風雁雁行吹字斷雁行吹字斷　夜深拜月

瑣窗西畔但桂影空階滿翠帷自掩無人
見羅衣寬一半羅衣寬一半

又

君如梁上燕妾如手中扇團團清影雙
伴秋來腸欲斷秋來腸欲斷　黃昏淚眼
青山隔岸但咫尺如天遠病來只謝旁人
勸龍華三會願龍華三會願

又

花梢紅未足條破鶯新綠重簾下徧闌干

千曲有人春睡熟有人春睡熟鳴禽破夢
雲偏目蹙起來香腮褪紅玉花時愛與愁
相續羅裙過一半羅裙過一半

夜遊宮

苦俗客

幾箇相知可喜才廝見說山說水顛倒爛
熟只這是怎奈向一回說一回美 有箇
尖新底說底話非名即利說得口乾罪過
你且不罪俺略起去洗耳

戀繡衾

無題

夜長偏冷添被兒枕頭兒移了又移我自
是笑别人底却元来當局者迷如今只
恨因緣淺也不曾底死恨伊合下手安排
了那筵席須有散時

杏花天

病来自是於春懶但别院笙歌一片蛛絲
網遍玻黎盞更問舞裙歌扇有多少鶯

態蝶怨甚夢裏春歸不管楊花也笑人情
淺故故沾衣撲靣

又

牡丹昨夜方開徧畢竟是今年春晚荼蘼
付與薰風管燕子忙時鶯嬾多病起日
長人倦不待淂酒闌歌散副能淂見荼䕷
面却早安排腸斷

嘲牡丹

牡丹比淂誰顏色似宮中太眞第一漁陽

鼙鼓邊風急，人在沉香亭北。買栽池館多何益，莫虛把千金拋擲。若教解語應傾國，一箇西施也得。

唐河傳

効花間體

春水千里，孤舟浪起，夢携西子。覚來村巷夕陽斜，幾家短墻紅杏花。　晚雲做造些兒雨，折花去，岸上誰家女。太顛狂，那邊柳綿被風吹上天。

醉花陰

為人壽

黄花謾說年年好也趁秋光老綠鬢不驚秋若鬪尊前人好花堪笑　蟠桃結子知多少家住三山島何日跨飛鸞滄海飛塵人世因緣了

品令

族姑慶八十來索俳語

更休說便是箇住世觀音菩薩甚今年容

貌八十歲見底道纔十八　莫獻壽星香
燭莫祝靈椿龜鶴只消得把筆輕輕去十
字上添一撇

惜分飛

翡翠樓前芳草路寶馬墜鞭暫駐最是周
郎顧幾度歌聲誤　望斷碧雲空日莫流
水桃源何處聞道春歸去更無人管飄紅
雨

柳梢青

和范先之席上賦牡丹

姚魏名流，年年攬斷，雨恨風愁。解釋春光，剩須破費，酒令詩籌。　玉肌紅粉温柔。更染盡、天香未休。今夜簪花，他年第一，玉殿東頭。

三山歸途代白鷗見嘲

白鳥相迎，相憐相笑，滿面塵埃。華髮蒼顏，去時曾勸，聞早歸來。　而今豈是高懷，為千里、蓴羹計哉。好把移文，從今日日，讀取

千回

辛酉生日前兩日夢一道士話長年之術夢中痛以理折之覺而賦

八難之辭

莫鍊丹難黃河可塞金可成難休辟穀難吸風飲露長忍飢難　勸君莫遠遊難何處有西王母難休采藥難人沈下土我上天難

河瀆神

女城祠効花間體

芳草綠萋萋斷腸絶浦相思山頭人望翠雲旗蕙肴桂酒君歸　惆悵畫簷双燕舞東風吹散靈雨香火冷殘簫鼓斜陽門外今古

武陵春

桃李風前多嫵媚楊柳更温柔喚取笙歌爛熳遊且莫管閒愁　好趁晴時連夜賞雨便一春休草草杯盤不要收纔曉又扶

頭

又

走去走來三百里五日以為期六日歸時
已是疑應是望多時
鞭箇馬兒歸去也心急馬行遲不免相煩
喜鵲兒先報那人知

謁金門

遮素月雲外金蛇明滅翻樹啼鴉聲未澈
雨聲驚落葉寶炬成行嫌熱玉腕藕絲

誰雪添水高山絃斷絶怨蛙聲自咽

又

山吐月畫燭從教風滅一曲瑤琴纔聽澈

金蕉三兩葉驟雨微涼還熱似欠舞瓊

歌雪近日醉鄉音問絶有時清淚咽

又

歸去未風雨送春行李一枕離愁頭澈尾

如何消遣是遙想歸舟天際綠鬢瓏璁

慵理好夢未成鶯嚶起彩香猶有殢

酒泉子

流水無情潮到空城頭盡白離歌一曲怨殘陽斷人腸　東風官柳舞雕牆三十六宮花濺淚春聲何處說興亡燕雙雙

霜天曉角

吳頭楚尾一棹人千里休說舊愁新恨長亭樹今如此　宦游吾倦矣玉人留我醉明日落花寒食得且住為佳耳

又

暮山層碧掠岸西風急一葉軟紅深處應不是利名客　玉人還佇立綠窗生怨泣萬里衡陽歸恨先倩鴈寄消息

點絳脣

留博山寺聞光風主人微恙而歸時春漲斷橋

隱隱輕雷雨聲不受春回護落梅如許吹盡牆邊去　春水無情礙斷溪南路憑誰訴寄聲傳語沒箇人知處

又

身後虛名古來不換生前醉青鞋自喜不踏長安市　竹外僧歸路指霜鐘寺孤鴻起丹青手裏剪破松江水

生查子

山行寄楊民瞻

昨宵醉裏行山吐三更月不見可憐人一夜頭如雪　今宵醉裏歸明月關山笛收拾錦囊詩要寄楊雄宅

民贈見和再用韻

誰傾滄海珠，歎弄千明月。喚取酒邊来，軟語裁春雪。人間無鳳凰，空費穿雲笛。醉裏却歸来，松菊陶潛宅。

有覓詞者為賦

去年燕子来，繡戶深深處。香徑得泥歸，都把琴書污。今年燕子来，誰聽呢喃語。不見捲簾人，一陣黃昏雨。

獨遊雨巖

溪邊照影行天在清溪底天上有行雲人在行雲裏 高歌誰和余空谷清音起非鬼亦非僊一曲桃花水

又

青山招不來偃蹇誰憐汝歲晚太寒生喚我溪邊住 山頭明月來本在天高處夜夜入清溪聽讀離騷去

又

青山非不佳未解留儂住赤腳踏曾冰為

愛清溪故　朝來山鳥。勸上山高處裁意

不關渠自要尋詩去　啼

簡吴子似縣尉

高人千丈崖太古儲冰雪六月火雲時一

見森毛髮　俗人如盜泉照影都昏濁高

處掛吾瓢不飲吾寧渴

和趙晉臣敷文春雪

漫天春雪來纔抵梅花半　最愛雪邊人楚

些裁成亂　雪兒偏解歌只要金杯滿誰

道雪天寒翠袖闌干暖

又

梅子褪花時直與黄梅接烟雨幾曾開一
春江裏活　富貴使人忙也有閑時節莫
作路旁花䕶人看殺

題京口郡治塵表亭

悠悠萬世功矻矻當年苦魚自入深淵人
自居平土　紅日又西沈白浪長東去不
是望金山我自思量禹

尋芳草　調陳莘叟憶内

有淂許多泪更閑却許多鴛被枕頭兒放處都不是舊家時怎生睡　更也没書來那堪被鴈兒調戲道無書却有書中意排幾箇人人字

阮郎歸

耒陽道中為張處父推官賦

山前燈火欲黄昏山頭來去雲鷓鴣聲裏數家村瀟湘逢故人　揮羽扇整綸巾少

年鞍馬塵如今憔悴賦招魂儒冠多悞身

昭君怨

豫章寄張守定叟

長記瀟湘秋晚歌舞橘洲人散走馬月明中折芙蓉 今日西山南浦畫棟朱簾雲雨風景不爭多奈愁何

送晁楚老遊荊門

夜雨剪殘春韭明日重斟別酒君去問曹瞞好公安 試看如今白髮却為中年離

別風雨正催寬早歸来

又

人面不如花面 花到開時重見 獨倚小闌干 許多山 落葉西風時候 人共青山都瘦 說道夢陽臺幾曾來

烏夜啼

山行約范先之不至

江頭醉倒山公 月明中 記得昨宵歸路 笑兒童 溪欵轉 山已斷 兩三松 一段可憐

風月欠詩翁

先之見和復用韻

人言我不如公酒杯中更把平生湖海間兒童千尺蔓雲葉亂縈長松却笑一身纏繞似衰翁

又

晚花露葉風條燕高高行過長廊西畔小紅橋　歌再唱人再舞酒才消更把一杯重勸摘櫻桃

一落索

羞見鑑鸞孤却倩人梳掠一春長是爲花愁甚夜夜東風惡　行遶翠簾珠箔錦牋誰託玉觴淚滿却傳觴怕酒似郎情薄

信守王道夫席上用趙達夫賦金林檎韻

錦帳如雲處高不知重數夜深銀燭淚成行算都把心期付　莫待燕飛泥污問花花訴不知花定有情無似却怕新詞妬

如夢令　賦梁燕

燕子幾曾歸去只在翠巖深處重到畫梁間誰與舊巢爲主深許深許聞道鳳凰來住

憶王孫

登山臨水送將歸悲莫悲兮生別離不用登臨怨落暉昔人非惟有年年秋鴈飛

大德己亥中呂月刊畢于廣信書院後學孫粹然同職張公俊

稼軒長短句卷之十二

文獻通攷稼軒詞四卷陳氏曰信州本十二卷視長沙為多此元大德間所刊以卷數攷之蓋出於信州本宋史藝文志云辛弃疾長短句十二卷亦即此也嘉慶己未黃圖買得於胥門肆內缺三葉出舊藏汲古閣抄本命予補足因於卷中所有之字集而為之所無者僅十許字耳既畢遂識數語於後

七月廿二日　澗薲書

嘉慶庚申十月長洲陶梁觀

十月四日嘉定瞿中溶同觀

光緒癸未秋督試東昌畢登楊氏海源閣內 鳳阿舍人借讀是書閱二年乙酉九月歸之書此以志眼福 汪鳴鑾

光緒十有三年九月臨桂王鵬運借校汲古閣本吳縣許玉瑑同觀并識

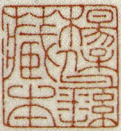

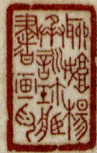

圖書在版編目（CIP）數據

元大德本稼軒長短句 /（宋）辛棄疾撰；葉嘉瑩主編.
--上海：上海古籍出版社，2025.5. --（迦陵叢書）.
ISBN 978-7-5732-1474-4

Ⅰ. I222.844.2

中國國家版本館CIP數據核字第2025KL3840號

封面題簽：童衍方
責任編輯：秦　嫺
封面設計：阮　娟
技術編輯：耿瑩禕　隗婷婷

迦陵叢書

元大德本稼軒長短句

（全二册）

〔宋〕辛棄疾　撰
葉嘉瑩　主编

上海古籍出版社出版發行
（上海市閔行區號景路 159 弄 1-5 號 A 座 5F　郵編 201101）
（1）網址：www.guji.com.cn
（2）電子郵件：guji1@guji.com.cn
（3）易文網網址：www.ewen.co

上海麗佳製版印刷有限公司印刷

開本 720×1000　1/16　印張 31　插頁 8　字數 288,000
2025 年 5 月第 1 版　2025 年 5 月第 1 次印刷
ISBN 978-7-5732-1474-4
I・3892　定價：358.00 元
如有質量問題，請與承印公司聯繫

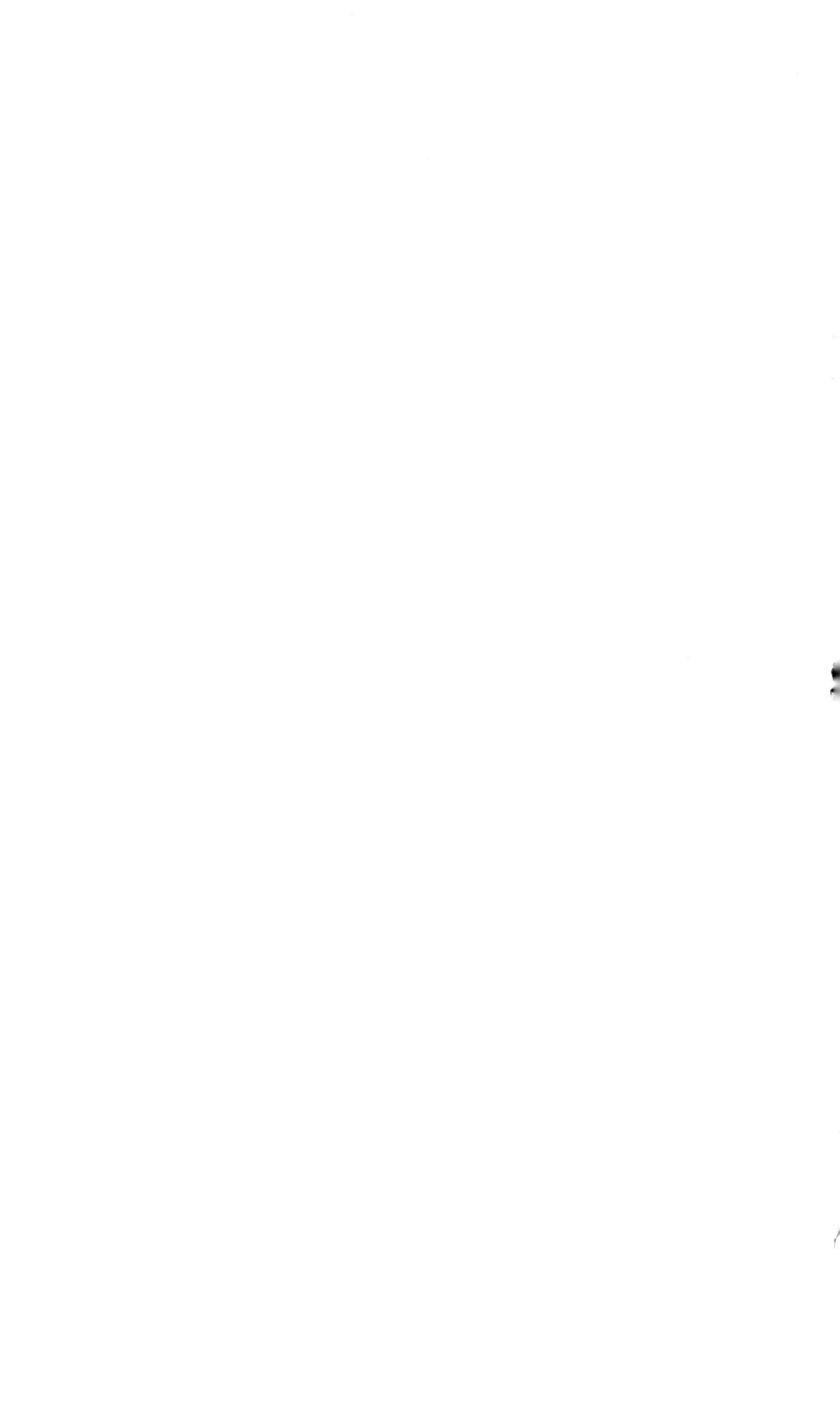

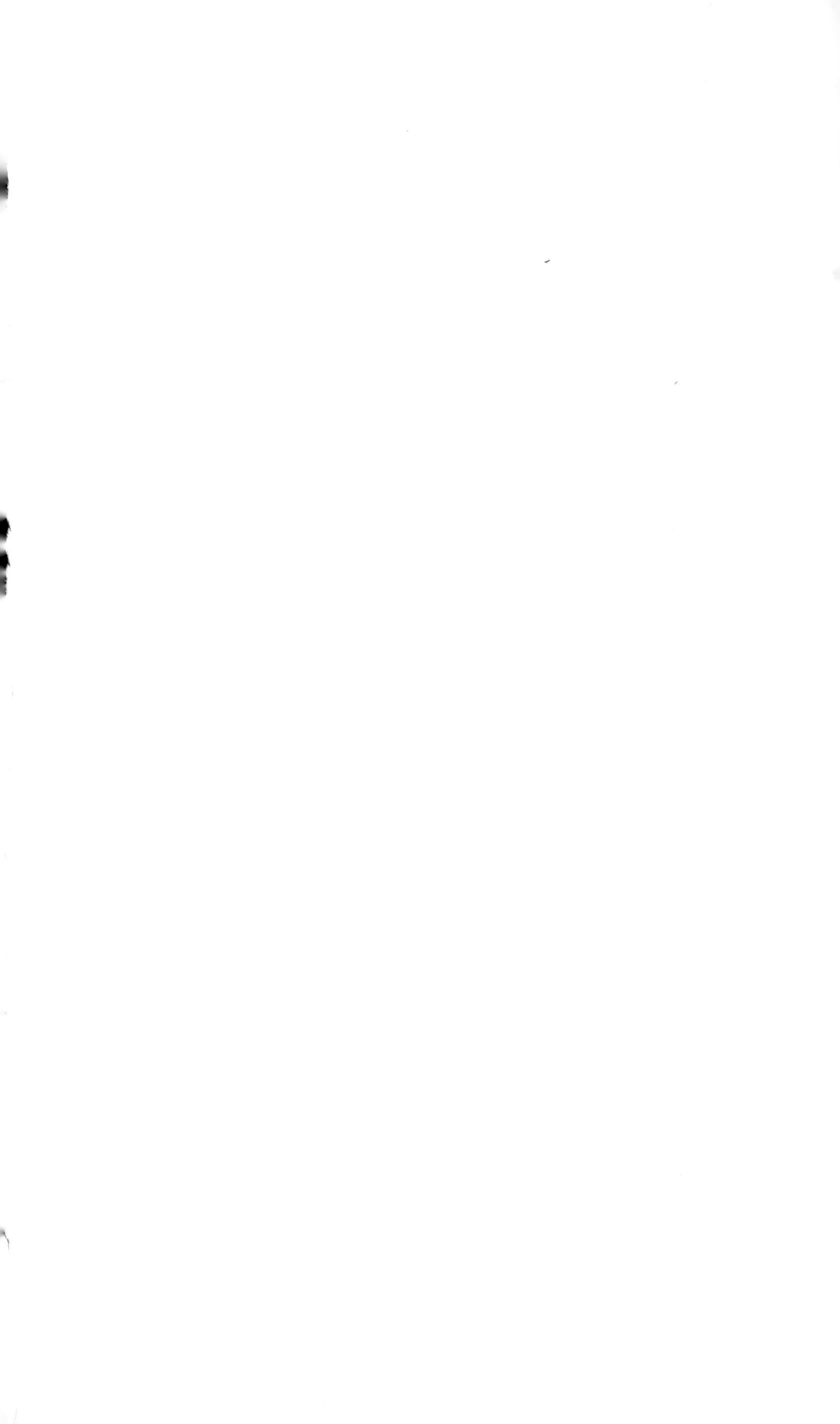

迦陵
叢書

主編　葉嘉瑩

元大德本稼軒長短句

上

〔宋〕辛棄疾　撰

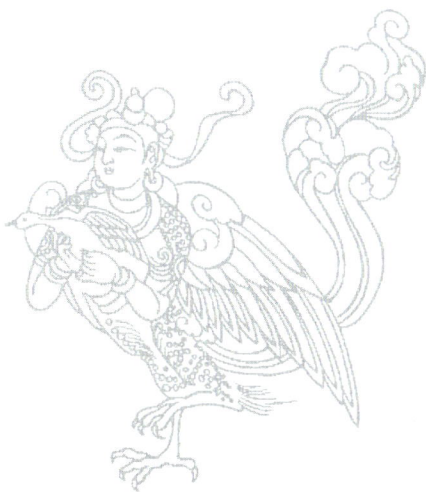

迦陵叢書序

葉嘉瑩

做任何學問，文獻都很重要，尤其是最根本性的文本。諸生跟我商議，將詩詞善本廣泛印行，一來提供研究的基本文獻，一來親近原初的閱讀感受，但因時機不够成熟，一直没有全面開展這個工作。現在迎來了良好的時機，公共圖書館資源的使用比以前更方便了，四色彩印的技術更加先進，成本也更加便宜。我們不可辜負時代，於是開始了這項工作。只是我年紀太大，一百歲了，只能審定一下書目，具體工作就由門人去做。希望他們努力，將最好的文獻盡量多地提供出來，不負讀者。承蒙大家的美意，使用「迦陵叢書」的名字，不勝慚愧。聊作短語，權充前言吧。百歲老人葉嘉瑩。

目録

目録

元大德本稼軒長短句叙録

鍾　錦

辛棄疾，《宋史》卷四百一有傳，鄭騫、鄧廣銘俱撰年譜。本傳説：「有《稼軒集》行世。」劉克莊《後村先生大全集》卷九十八有《辛稼軒集序》，此集與《稼軒集》均失傳，不知是詩文别集抑或詞集。《宋史·藝文志》僅著録：「《辛棄疾長短句》十二卷，又《稼軒奏議》一卷，《吴楚紀行》一卷（宋峽州守吴氏撰，不知名）。」後兩種未見。清人辛啟泰輯《稼軒集鈔存》，鄧廣銘輯《辛稼軒詩文鈔存》，均爲詩文集。徐漢明輯《稼軒集》，包括《稼軒長短句》、《稼軒詞補遺》、《稼軒詩抄》、《稼軒文存》。詞集行世最廣，版本繁多。

辛棄疾詞集在南宋多有刊刻，題名有《稼軒詞》、《辛稼軒詞》、《稼軒樂府》、《稼軒長短句》等，或許還有直接題爲《稼軒集》的。元人耶律鑄《雙溪醉隱集》卷六《鵲橋仙》「皇都門外」一詞序中還提到「稼軒樂府全集」。《永樂大典》引書尚有《辛稼軒集》，《大典》遺失的部分幸有辛啟泰《稼軒詞補遺》録存，共有近四十首不見於今傳的辛詞版本，也許是個更加完備的集子。這些今天大都看不到了，流行諸本主要出自《稼軒詞》甲乙丙丁四集本和《稼軒長短句》十二卷本。《稼軒詞》傳有毛晉影宋鈔本，還有吴訥《唐宋名賢百家詞》鈔本。甲集爲稼軒門人范開編，後三集不知出於何人之手，其中頗有誤收。吴訥本多鈔自南宋寧宗末年或理宗初年的長沙坊刻本《百家詞》，今二本相近，疑毛晉影鈔所據宋本即長沙坊刻本，故有誤收。毛晉影宋鈔本曾有分散，前三集爲太倉顧錫麒謏聞齋所有，丁集爲趙宗建舊山樓所有，所以陶湘一九二〇年前後續刻《景刊宋金元明本詞》本僅有前三集。後來涵芬樓將四集收齊，於一九四〇年由商務印書館影印，流傳始廣。二〇一四年毛晉影宋鈔本被收入《中華再造善本》，四色彩印，是目前最好的影印本。《稼軒長短句》今傳著名的元成宗大德三年（一二九九）廣信書院刊本，此本編纂於辛棄疾身後，收詞比《稼軒詞》多，編次整飭，一向被認爲是辛詞的最佳版本。根據元本承襲的避諱情況看，所據應是宋寧宗時的信州本。明人王詔刻本也是這個系統，但文字時有不同，毛晉汲古閣《宋名家詞》本《稼軒詞》據王詔本，却把十二卷合併成四卷。王鵬運四印齋本、《景刊宋金元明本詞》景明小草齋鈔本，都出自大德本。兩種版本之外的辛詞，多見於《永樂大典》，另外《詩淵》裏有三首，《草堂詩餘》和《清波别志》裏各有一首。

今傳元大德三年廣信書院刻本《稼軒長短句》十二卷，裝爲四册，每三卷一册。封面用藍色灑金紙重裝，四眼裝訂。開本三十點六×二十點八厘米，版框二十三點三×十七點七厘米。半頁九行，行十六字。

行楷字體，黄丕烈卷首識語説「純乎元人松雪翁書」，但比典型的趙體字如《農桑輯要》、《師子林天如和尚語録》更流麗生動。陳先行先生提醒：「趙孟頫書體從唐人李邕書法演化而來，故學趙字要結合研習李字，《李思訓碑》、《麓山寺碑》是李氏代表之作，其書體在元刻本中也每有反映。」（《陳先行講古籍版本鑒定》，上海科學技術文獻出版社二〇二三年版，第八十二、八十七頁。）這個本子的字體絶似《麓山寺碑》，謂之「李邕體」似更恰切。細黑口，雙黑魚尾，左右雙邊。版心魚尾上鎸每頁字數；雙魚尾之間鎸「稼軒詞目」、「稼軒詞幾」、「稼軒詞卷幾」、「辛詞幾」、「辛詞卷幾」、「稼詞幾」及頁數；魚尾下鎸刻工姓名，卷一鎸「信鉛暢叔仁刊」，其餘有「祝」、「用」、「周」。卷四第十六頁、卷六第十頁及卷十一第四、第五合一頁，係顧廣圻補抄，黄丕烈識語解釋了一個小問題：「其十一卷中四之五一葉，亦即是卷七之八一葉之例，非文有脱落而故强就之也。」顧廣圻講了補抄的詳細情況：「嘉慶己未，蕘圃買得於骨董肆，内缺三葉，出舊藏汲古閣抄本，命予補足，因撿卷中所有之字，集而爲之，所無者僅十許字耳。」對他自己的補抄顯得很得意，其實他寫得鋒芒過露，不及原刻筆劃渾成。一般來説影寫字跡多勝原刻，此本反之，可見刻得非常精美了。書中有數處校改筆跡，黄丕烈識語裏提到，皆無根據。避諱至宋寧宗，蓋據宋信州本。無序跋，有目録，首、末題「稼軒長短句目録」，每卷卷首題「稼軒長短句卷之幾」，末或題或不題。卷十二末頁刊「大德己亥中吕月刊畢於廣信書院，後學孫粹然、同職張公俊」。石任之所撰書志云：「廣信書院，原名瓢泉書院，位於江西鉛山。南宋慶元二年（一一九六）辛棄疾講學於此，咸淳間知州唐震、李陽雷等重建，咸淳十年（一二七四）改名『廣信』，元大德二年（一二九八）改名『稼軒書院』。孫粹然、張公俊無考。」

卷首有黄丕烈識語，識語前空頁背面鈐海源閣「聊攝楊/氏宋存書/室珍藏」朱文方印。識語引首鈐黄氏「書魔」朱文長方印，末鈐「黄印/丕烈」白文方印、「蕘圃」朱文方印。再後鈐海源閣「東郡楊氏鑑/藏金石書畫印」白文長方印、楊以增「禄易書千萬值/小胥鈔良友詒/閣主人清白吏/讀曾經學何事/愧蠹魚未食字/遺子孫承此志」朱文大方印。目録首頁書眉鈐海源閣「宋存/書室」朱文方印、楊承訓「海源/殘閣」朱文方印；「稼軒長短句目録」下鈐周叔弢「周/暹」白文方印，汪士鐘「曾藏汪/閬源家」朱文長方印，「朱之赤/鑒賞」朱文長方印，袁夢鯉二印「夢/鯉」朱文圓印、「袁氏/魚叔」朱文方印；「卷之一」下鈐「北京/圖書/館藏」朱文方印，楊以增二印「至/堂」朱文方印、「以增/之印」白文方印，汪澂二印「澂/印」白文方印、「鏡/汀」朱文方印；「卷之三」下鈐楊紹和二印「祕閣/校理」朱文方印、「紹和/築碞」朱白相間方印。目録末頁鈐「楊印/承訓」白文方印。卷一首頁，「卷之一」下鈐海源閣「四經四/史之齋」白文方印、「周/暹」白文方印，「哨遍」下鈐朱之赤二印「朱印/之赤」朱文方印、「道行/僊」白文方印，「秋水觀」下鈐「楊紹和/讀過」白文方印。卷三末頁版框内左下鈐楊紹和「彦/

合」朱文長方印、「汪澂別/號鏡汀/圖章」白文方印、朱之赤「朱卧菴/收藏印」朱文長方印，右側鈐王鵬運「半塘」朱文長方印。卷四首頁，「卷之四」下鈐「紹和/彦合」右白左朱方印、「曾藏汪/閬源家」朱文長方印、「汪士鐘/讀書」朱文長方印、「袁氏/魚叔」朱文方印，「滿江紅」下鈐「周/暹」白文方印、「宋存/書室」朱文方印、「鏡/汀」朱文方印。卷六末頁，正面版框内左下角鈐「汪澂別/號鏡汀/圖章」白文方印，背面版框内左下角鈐王鵬運「鵬/運」白文方印、袁夢鯉「袁魚/赤/收藏」白文方印。卷七首頁，「卷之七」下鈐「四經四/史之齋」白文方印、王鵬運「半塘老人」朱文方印、「曾藏汪/閬源家」朱文長方印，「新荷葉」下鈐「周/暹」白文方印、「鏡/汀」朱文方印，「和趙德莊韻」下鈐楊紹和二印「東郡/楊二」白文方印、「彦合/珍玩」朱文方印。卷九末頁鈐「汪澂別/號鏡汀/圖章」白文方印。卷十首頁，「卷之十」下鈐「彦/合」朱文長方印、「曾藏汪/閬源家」朱文長方印、「袁氏/魚叔」朱文方印，「玉樓春」下鈐「周/暹」白文方印、「鏡/汀」朱文方印。卷十二末頁，「憶王孫」下鈐「楊紹和/讀過」白文方印，詞末鈐「朱卧菴/收藏印」朱文長方印，「卷之十二」下鈐「汪澂別/號鏡汀/圖章」白文方印、「朱之赤/鑒賞」朱文長方印、「袁印/魚叔」朱文方印、黄丕烈「碧云/居」右白左朱方印。卷末正面有顧廣圻跋，末鈐「澗薲」白文長方印、「廣圻/審定」朱文方印；背面有陶梁、瞿中溶題記，又有汪鳴鑾題記，末鈐「汪印/鳴鑾」白文方印、「郋/亭」朱文方印；頁左下鈐「王/鵬運」白文方印、「楊氏海／源閣藏」白文長方印、「鏡汀／書畫記」白文長方印。最末頁正面有許玉瑑題記，末鈐「玉／瑑」白文方印，左下角鈐楊保彝「楊保彝／藏本」朱文方印；背面鈐「聊城楊／承訓珍藏／書畫印」朱文長方印、「北京／圖書／館藏」朱文方印。

此書遞藏，根據鈐印有袁夢鯉（一五二七—一五八八），字孔趨，一字化徵，號魚叔，吴縣人。十五歲入蘇州府學生，旋補增廣生，赴試不第，娶文徵明孫女。還有朱之赤，字卧庵，生卒年不詳，約在明清之際，吴縣人。學問淹雅，多藏書。後來歸黄丕烈，他的識語説「頃從郡故家得此」，但元刻本《東坡樂府》他的卷首識語則説「既從骨董鋪中獲一元刻《稼軒長短句》」，跟此書顧廣圻跋所説「買得於骨董肆」一致，或許是郡故家在骨董鋪中販賣？黄丕烈買來的價錢很便宜，「辛詞直不過白鏹七金也」。之後歸汪士鐘、汪潋、楊氏四代（楊以增、楊紹和、楊保彝、楊承訓）、周叔弢，除了汪潋，都是藏書大家。一九五二年，此書由周叔弢捐獻給北京圖書館，一直收藏至今。

《稼軒長短句》十二卷本爲辛棄疾身後所刊，編輯較爲認真，字句多有改定，尤其是詞題更加整齊劃一，但有時不及四卷本接近當時寫作的實情。鄧廣銘《書諸家跋四卷本稼軒詞後》説：「十二卷本之題語及詞中字句，多經後來改定之處，改動後之字句大都較勝於四卷本，則當是稼軒晚歲所手訂者。然見於詞題中之辛氏友朋，其名姓、字號、官爵等亦間有通各卷各闋而悉改從一律者：如與傅先之唱和諸作，大多以『提舉』相稱，而傅氏曾任知縣，曾充通判，曾領漕事，各詞實不盡作於其既充提舉之後；又如與徐衡仲唱和之作，其以『撫幹』相稱者，亦未必均作於徐氏充福建安撫司幹官之後。凡此等處，四卷本均一仍原作時所著之稱謂而未改。」可見四卷本頗有助於考證，但用於諷詠誦讀，十二卷本自然更爲合用，這也是它流行更廣的原因。十二卷本文字經過諸多名家的詳細校勘，我們不難通過校勘記比勘各種異文，那些異文無疑是有用處的，但能够訂正訛誤的其實並不多，足見編輯之完善。上海人民出版社一九七五年印行過一個陳允吉的點校本，校勘記寫得很簡潔，多爲訂正訛誤，使我們很容易看到那些不多的有問題的地方。比較嚴重的，恰恰又是陳允吉没有校改的，是卷六「漢宫春」的「會稽蓬萊閣懷古」和「會稽秋風亭觀雨」兩首，詞題「懷古」和「觀雨」應該互换。大概因爲四卷本未收這兩首，没有版本依據，陳允吉未作校改，但鄧廣銘給改了過來。

這個本子在新中國經過多次影印，還有影刻，非常出名。比較重要的影印本有中華書局上海編輯所一九五九年八開特藏本，這是爲新中國成立十周年獻禮特印的，據説僅印了一百套。還有二〇〇一年北京圖書館出版社將其收入《中華再造善本》，但分裝了六册，没有依照原裝的四册。文物出版社二〇二二年將它收入《國家圖書館藏古籍善本集成》，其有桑皮紙典藏本，四色仿真彩印，應該算是目前最佳的。只是一直以來没有出過四色彩印的普及本，限制了更廣泛的使用，這次收入《迦陵叢書》印行普及本，當然出於這個考慮。另外，我常聽葉師説，她跟伯父叶廷又讀書時家裏有套大德本《稼軒長短句》，經常誦讀，言下極爲懷念。但我並不知道，那套大德本究竟是什麼翻印本。爲了讓百歲老人有個美好的回憶，我力主《迦陵叢書》首批出版的書中應該有大德本《稼軒長短句》。

葉嘉瑩師對辛棄疾詞用力甚深，她的《論辛棄疾詞》是《靈谿詞説》中給人印象特别深刻的一篇文字，鄧廣銘先生在《稼軒詞編年箋注》的《增訂三版題記》中專門作了大段徵引。她試圖對辛棄疾詞作一次「將『萬殊』歸於『一本』之嘗試」，有一點尤其重要：「辛詞中感發之生命，原是由兩種互相衝擊的力量結合而成的。一種力量是來自他本身内心所凝聚的帶着家國之恨的想要收復中原的奮發的衝力，另一種力量則是來自外在環境的，由於南人對北人之歧視以及主和與主戰之不同，因而對辛棄疾所形成的一種讒毁擯斥的壓力，這兩種力量之相互衝擊和消長，遂在辛詞中表現出了一種盤旋激蕩的多變的姿態，這自然是使得辛詞顯得具有多種樣式與多種層次的一個主要的原因。」可以説，辛棄疾内心所凝聚的衝力，是其「氣」盛的天資決定的，至於這種天資如何形成辛詞的品質，自和外在環境相關，但其中的複雜曲折仍需我們逐步探求。

首先來看「氣」爲何物。《文心雕龍·才略》：「阮籍使氣以命詩。」後來人們便經常用「使氣」一詞表示恣逞意氣，並隱約體會到和抒發情感的區別，却很少講得透徹明白。柏拉圖在《理想國》裏，講到靈魂的三個部分：理智、血氣、欲望，並分別給它們匹配了智慧、勇敢、節制三種德性，這個講法絶非生硬地爲「四主德」（另外的「正義」則是理智、血氣、欲望各守其德）尋找依據，的確揭示出不同的心靈機能及各自的規範。中國學術裏，「性善情惡」是個固有的認知。「性」大概可以説是柏拉圖的「理智」，但有個曲折，理智造就不同的善，通過知性（計算的）就是手段的善，通過實踐理性（道德的）就是目的的善。古希臘人是知性和理性混講，中國不重知性單講理性。因此，孟子所謂「智」，所謂「是非之心」，那是（實踐）理性的，也就是道德的，「智」就是「性」，「是非」是大是大非。「情」即是「欲望」，所謂「七情六欲」都是類似的。「血氣」就是我們講的「氣」，看起來中國學術並没有給它特別的位置，而在柏拉圖那裏不但有其位置且比欲望高，因爲「血氣」既可以近於「欲望」，如所謂「酒色財氣」，也可以近於「理智」，所謂「激於義憤」。不過孟子的話却透露出對「氣」的關注：「富貴不能淫，貧賤不能移，威武不能屈，此之謂大丈夫。」（《孟子·滕文公下》）這其實是指性在情和氣中的呈現：前兩句是節制，即性在情中的呈現；後一句是勇敢，即性在氣中的呈現。兼括節制和勇敢，是聖賢智慧的全幅呈現，所以説「此之謂大丈夫」。由此看來，氣和情是平等的，氣既不更暴虐，也不像柏拉圖認爲的那樣更接近智慧。不妨認爲，在中國學術中心靈也可以有三分：性、氣、情。這似乎還體現出柏拉圖没有考慮到的東西：性是超越的，需要在經驗的氣和情中呈現。

詞中所謂婉約和豪放兩種風格，其實源自言情和使氣的差别。當然這個差别起自《花間集》確立了詞的審美範式之後。本來詞爲應歌而作，其叙寫内容多涉艷情，但這個内容並不決定其婉約的風格。民間詞多用俚俗白話，喜作鋪陳，並不婉約。至《花間集》力推「詩客曲子詞」，即運用晚唐詩歌非常成熟的典雅化詞彙取代俚俗白話，内容和語言相互作用形成婉約風格，確立了詞的審美範式。陳善説：「予故嘗以唐《花間集》當爲長短句之宗。」（《捫虱新話》卷九）蔣兆蘭説：「宋代詞家，源出於唐五代，皆以婉約爲宗。」都指明了這一點。一旦將使氣納入「花間」範式，氣之縱横便和辭之鋪陳顯得相近了，再次出現和婉約對立的風格。《花間集》裏所録韋莊《菩薩蠻》五首，其中第四首稍覺使氣，自朱彝尊《詞綜》始，直至常州派諸家詞選，均不選録，應該是感到風格的對立。詞中全然使氣，大概是蘇軾開的頭，這類詞他早期尤多，如《沁園春·赴密州，早行，馬上寄子由》：「當時共客長安，似二陸初來俱少年。有筆頭千字，胸中萬卷，致君堯舜，此事何難。」《江神子·密州出獵》：「老夫聊發少年狂，左牽黄，右擎蒼。」由於這些詞作用語並不俚俗，且表現出詩的美感，時間一久，也就慢慢被接受了，於是出現一個和婉約對立的名詞——豪放。蔣兆蘭説：「自東坡以浩瀚之氣行之，遂開豪邁一派。南宋辛稼軒，運深沉之思於雄傑之中，遂以蘇、辛並稱。他如龍洲、放翁、後村諸公，皆嗣響稼軒，卓卓可傳者也。嗣兹以降，詞家顯分兩派，學蘇、辛者所在皆是。」（《詞説》）但豪放派一直遭受着「詞以婉約爲正宗」的偏見，那影響實在太深入人心。

豪放派也一直試圖改變，首先像南宋雅詞派一樣借鑒了《花間集》的手段。雅詞派通過典雅化的詞彙對「言情」適當予以軌約，張炎説：「詞欲雅而正，志之所之，一爲情所役，則失其雅正之音。」（《詞源》卷下）雅正就是典雅化詞彙起到的軌約作用，從而擺脱了情感的役使，在令詞則形成「花間」的範式。毛先舒説：「填詞長調，不下於詩之歌行。長篇歌行，猶可使氣，長調使氣，便非本色。高手當以情致見佳。蓋歌行如駿馬蓦坡，可以一往稱快。長調如嬌女步春，旁去扶持，獨行芳徑，徙倚而前，一步一態，一態一變，雖有强力健足，無所用之。」（王又華《古今詞論》引）長調和令詞有所不同，已從詞彙擴展到章法，所謂「一步一態，一態一變」，就是法則的全面軌約作用。法則既可軌約「言情」，同樣可以軌約「使氣」，經過了軌約，使氣之作出現了同樣的「情致」，陳維崧可以説是最典型的一個代表。其次則發現了蘇、辛詞和《花間集》更深層面上的契合，就是常州派通過「比興寄托」説揭示的德性之美。蘇軾以曠達超越了使氣，一如《花間集》以静觀超越了言情，後者創造出呈現在情感中的境界，前者直接是一切境界背後的心靈機能。這種心靈機能就是康德所説作爲道德的象徵的美，用中國的術語説，可以上達於性（柏拉圖謂之「理智」），比《花間集》的美感更符合對德性之美的要求。辛棄疾以氣之恣縱在和外界環境的相互衝擊和消長中渾然與性合一，這和《花間集》中温、韋以情之抒寫與性渾然合一有異曲同工之妙，這點將在後面通過對辛詞的具體分析詳細説明。這樣豪放派獲得了認可，但同時又好像失去了區分婉約、豪放的必要。在看重「性」的常州派詞學家那裏，既然言情、使氣最終都合一於性，婉約和豪放也應該合一了。張惠言就將蘇、辛和所謂的婉約詞人並列：「宋之詞家，號爲極盛。然張先、蘇軾、秦觀、周邦彦、辛棄疾、姜夔、王沂孫、張炎，淵淵乎文有其質焉。」（《詞選叙》）陳廷焯明白地説：「誠能本諸忠厚，而出以沈鬱，豪放亦可，婉約亦可，否則豪放嫌其粗魯，婉約又病其纖弱矣。」（《白雨齋詞話》卷一）可見「花間」範式其實不在於婉約和豪放之争，而在於超越二者之上的境界和德性之美。

即使如此，詞「以婉約爲宗」的偏見還是影響着對豪放派的評價，尤其是對辛棄疾。首先，詞學對蘇軾的接受度高過辛棄疾。張炎對蘇軾十分肯定：「東坡詞，如《水龍吟》詠楊花、詠聞笛，又如《過秦樓》、《洞仙歌》、《卜算子》等作，皆清麗舒徐，高出人表。《哨遍》一曲，隱括《歸去來辭》，更是精妙，周、秦諸人所不能到。」對辛棄疾就顯得不屑，甚至也看不出他和劉過的本質差别：「辛稼軒、劉改之作豪氣詞，非雅詞也。於文章餘暇，戲弄筆墨，爲長短句之詩耳。」（《詞源·雜論》）我們應該注意到，張炎後半句的批評恰恰是蘇軾詞纔出現時得到的負面評價。譚獻的話更耐人尋味：「東坡是衣冠偉人，稼軒則弓刀遊俠。」（《譚評詞辨》）大概説出了這樣評判的原因。蘇軾的曠達最終超越了使氣，辛棄疾仍擺脱不了氣之恣縱。本來使氣一直被認爲褊狹，比如《史記》中，無論是獨行的遊俠，還是參與到社會上層而愛好「使酒罵座」的灌夫，後人都未嘗以「衣冠偉人」待之。即使在發現辛棄疾氣之恣縱渾然與性合一後，偏見也没有立刻改變。這點其實很好理解，《花間集》中確有情與性渾然合一的佳作，但將詞作爲「艷科」的歧視也很難改變，道理是一樣的。其次，對辛棄疾詞的評價也未能公正，似乎根本不管是否與性合一，只要使氣稍一恣縱就予以否定。遂一些的就只能欣賞辛詞中偏於婉約的，如鄧廷楨説：「稼軒詞自有兩派，當分别觀之。如《金縷曲》之『聽我三章約』、『甚矣吾衰矣』二首，及《沁園春》、《水調歌頭》諸作，誠不免一意迅馳，專用驕兵。若《祝英臺近》之『是他春帶愁來，春歸何處。却不解、帶將愁去』，《摸魚兒》發端之『更能消幾番風雨，匆匆春又歸去』，結語之『休去倚危闌，斜陽正在，煙柳斷腸處』，《百字令》之『舊恨春江流不盡，新恨雲山千疊』，《水龍吟》之『楚天千里清秋，水隨天去秋無際。遥岑遠目，獻愁供恨，玉簪螺髻』，《滿江紅》之『怕流鶯乳燕，得知消息』，《漢宫春》之『年時燕子，料今宵、夢到西園』，皆獨繭初抽，柔毛欲腐，平欺秦、柳，下轢張、王。宗之者固僅襲皮毛，詆之者亦未分肌理也。」（《雙硯齋詞話》）好一些的在對豪放詞的肯定中有所保留，如周濟，雖説早年已經認識到辛棄疾「才情富艷，思力果鋭，南北兩朝，實無其匹」，而且「情至處，後人萬不能及」，却仍然要説：「稼軒不平之鳴，隨處輒發，有英雄語，無學問語，故往往鋒穎太露。」（《介存齋論詞雜著》）其實辛詞氣雖恣縱，却很少鋒穎畢露，周濟只是覺得有背「花間」範式罷了。晚年他看法有了改變，將辛棄疾和周邦彦、吴文英、王沂孫並舉爲「宋四家」，用來「領袖一代」。《宋四家詞選》的選詞和《詞辨》相比較，容納了更多的恣縱之作。他説：「稼軒斂雄心，抗高調，變温婉，成悲涼。」（《宋四家詞選》）這個説法肯定了辛詞氣之恣縱渾然與性合一的美學品質。性的屬性即德，康德説：「道德仍然僅僅因爲它付出多大而有多大的價值，而不是因爲它帶來某種東西而有價值。」（《實踐理性批判》第二部《純粹實踐理性方法論》）故道德顯示出一種弱性，葉嘉瑩師也曾認爲辛詞體現了「弱德之美」，周濟的説法是同樣的道理。辛棄疾的地位得到合理的認定，我們應該特别關注周濟。陳廷焯因爲去世太早，年僅三十九歲，和周濟早年看法近似，他也指責了辛棄疾的「英雄語」：「稼軒詞，如《永遇樂》（京口北固亭懷古）、《南鄉子》（登京口北固亭）、《浪淘沙》（山寺夜作）、《瑞鶴仙》（南澗雙溪樓）等類，才氣雖雄，不免粗魯，世人多好讀之，無怪稼軒爲後世叫囂者作俑矣。」（《白雨齋詞話》卷一）因此，他不會像周濟晚年那樣給辛棄疾太高的地位，在他看來最好的詞人也是四個：「詞法莫密於清真，詞理莫深於少游，詞筆莫超於白石，詞品莫高於碧山，皆聖於詞者。」（卷二）蘇、辛好像次一個等級：「東坡詞全是王道，稼軒則兼有霸氣，然猶不悖於王也。」（卷十）「王」僅次於「聖」，但對辛的偏見還未消盡，説辛兼有「霸」。不過有一點我們需要注意，陳廷焯在完成選本《詞則》的後一年完成了《白雨齋詞話》，增加了頗多關於辛棄疾的論述，如「辛稼軒，詞中之龍也，氣魄極雄大，意境却極沈鬱」（卷一）等，和前述有些齟齬，似乎處在摇擺之間，也許天假之年，對辛詞的肯定還會更進一步。經過常州派的推進，偏見終於被克服，况周頤就將偏見下的「粗率」看作「真率」：「東坡、稼軒，其秀在骨，其厚在神。初學看之，但得其粗率而已。其實二公不經意處，是真率，非粗率也。余至今未敢學蘇、辛也。」（《蕙風詞話》卷一）

詞之僅見使氣，爲粗率，爲叫囂，蘇詞或有之，辛詞却極少。偶有近似者，如與陳亮相關之《破陣子·爲陳同甫賦壯詞以寄之》，極有可能是模仿陳亮的風格。陳廷焯曾論陳亮的名作：「同甫《水調歌頭》云：『堯之都，舜之壤，禹之封。於中應有，一個半個恥臣戎。』精警奇肆，幾於握拳透爪，可作中興露布讀，就詞論則非高調。」（《白雨齋詞話》卷一）這一首就頗近陳亮：

醉裏挑燈看劍，夢回吹角連營。八百里分麾下炙，五十絃翻塞外聲。沙場秋點兵。

馬作的盧飛快，弓如霹靂弦驚。了却君王天下事，赢得生前身後名。可憐白髮生。

《詞則》的《放歌集》專録豪放詞，於辛棄疾有兩條總論，涉及和另兩位豪放詞人的比較。其一是和蘇軾：「感激豪宕，蘇、辛并峙千古。然忠愛惻怛，蘇勝於辛；而淋漓悲壯、頓挫盤鬱，則稼軒獨步千古矣。」陳廷焯一直認爲蘇勝於辛處在「忠愛」，大概因爲蘇詞高者没有了使氣的痕跡，辛詞高者正從使氣中見，氣太盛則情轉弱，道德中漠然無情便只見「正義」不見「忠愛」了。「淋漓悲壯、頓挫盤鬱」，是氣之恣縱渾然與性合一，自然是辛詞最勝場所在。其二是和陳維崧：「稼軒詞魄力雄大，如驚雷怒濤，駭人耳目，天地鉅觀也。後惟迦陵有此筆力，而鬱處不及。」陳廷焯在上一條之後立刻補上這一條，我猜測是恐生讀者之誤會，特别提醒一下。「稼軒獨步千古」的是氣之恣縱渾然與性合一，而不單單是氣之恣縱，如果單是氣，則是「魄力雄大，如驚雷怒濤，駭人耳目」，那陳維崧正可與之匹敵。但陳維崧做不到氣與性渾然合一，所以「鬱處不及」。這首詞近於陳亮，正在「魄力雄大」，不在「淋漓悲壯、頓挫盤鬱」。辛棄疾自然和陸游不同，他的豪壯是實際的，不是幻想的。陳亮却是稟賦如此。辛棄疾在這首詞裏没太關注自己實際的處境，却從文字形式上去追摹陳亮，於是多見魄力，少有頓挫。《詞則·放歌集》中，此詞是辛詞的第一首，書眉上寫滿了兩條總論，没有地方再寫此詞的評語了，但我們可以從圈點見出陳廷焯的看法。首先題上加單圈，按照《詞則》的體例，單圈代表九品中的中下，排六位，評價並不算高。「沙場」句加了代表較佳的點，「了却」三句加了代表佳的圈，而三聯對仗工穩的對句置之不顧。陳廷焯應該看出了問題，對仗可以通過兩句之間的張力，鋪排出一種形式上的氣勢，自曹植以來已經是修辭上的一種常用技巧。這種氣勢只是文字上的，過於誇飾，似乎辛棄疾自己也清楚，所以插入一句「沙場秋點兵」，一個「秋」字就從文字色彩的削弱上對誇飾作了一定的平衡。從全篇上看，這句起到了修辭的作用，所以陳廷焯加了點。辛棄疾一向不以六朝人物「使我有身後名，不如即時一杯酒」（《世説新語·任誕》）的任誕爲然，早年的名作就説：「休説鱸魚堪膾，儘西風、季鷹歸未？求田問舍，怕應羞見，劉郎才氣。」（《水龍吟·登建康賞心亭》）其志向本來如此，「了却君王天下事，贏得生前身後名」兩句就顯得真誠實在，而一句「可憐白髮生」陡然跌落，其中正有無窮感慨不能言之。三句從内容上削弱了誇飾，也就加上了圈。不難見出，辛棄疾、陳亮的純然使氣只是從儒家的心性轉向了事功，蘇軾則往往將少年傾意學習的《戰國策》裏策士的縱横之氣流露了出來，那就不免叫囂，而辛棄疾最多只是粗率。由於用意嚴正，這類詞甚至可以説「精警奇肆」，包括蘇軾的《江神子·密州出獵》在内，但背離了「花間」範式，「就詞論則非高調」了。

但這種範式合理嗎？從文學的歷史看是合理的，因爲詞作爲應歌的特色，使作者擺脱了「莊語」的約束，終于使情感攀升到境界和德性的高度，在詞的語境下表現爲「弱德之美」，自然應該以這種高標準進行衡量。但詞「以婉約爲宗」的偏見，將不合於範式的作品等同於叫囂、粗率、非高調的作品，就很不合理了。下面是陳廷焯點名批評的《浪淘沙·山寺夜半聞鐘》：

身世酒杯中，萬事皆空。古來三五個英雄。雨打風吹何處是，漢殿秦宮。　夢入少年叢，歌舞匆匆。老僧夜半誤鳴鐘。驚起西窗眠不得，捲地西風。

陳廷焯說：「東坡、稼軒，同而不同者也。」（《白雨齋詞話》卷十）即以此詞論，「古來三五個英雄。雨打風吹何處是，漢殿秦宮」就是蘇軾的「大江東去，浪淘盡、千古風流人物」，此所謂同。都是表達「萬事皆空」——世界存在的虛幻，而這虛幻從現象界不息的遷移流轉中見。這本是歷來賢哲對於宇宙人生共有的基本認知，孔子「逝者如斯夫，不舍晝夜」（《論語·子罕》）的慨歎，《金剛經》「一切有爲法，如夢幻泡影，如露亦如電，應作如是觀」的達觀，赫拉克利特「一切皆流，無物常駐」（柏拉圖《克拉底魯》402a）的睿智，都在表達同樣的看法。但「同」却形成了不同的風格：蘇是超曠，辛是沉鬱。風格的不同，又源於蘇、辛對「萬事皆空」的態度：蘇的糾纏較少，也就更能貫徹這個「空」，顯得曠達超越；辛則糾纏太多，在「空」與不可「空」之間掙扎，其氣便和外界環境相互衝擊和消長，最終却能渾然與性合一，表現得沉鬱頓挫。事有義、利之殊，關乎利，固應達觀超脱，關乎義，則須執著持守。正因爲能够以達觀視利，纔能够以執著向義，所謂「人到無求品自高」，這樣「萬事皆空」的超脱最自然地成就了「富貴不能淫、貧賤不能移」的操守。在這一點上，蘇、辛本無二致。蘇正以「人生如夢」（《念奴嬌》）之曠達，成就「揀盡寒枝不肯棲，寂寞沙洲冷」（《卜算子》）的操守。辛則因「而今何事最相宜，宜醉宜遊宜睡」（《西江月》）的頽放，愈加反激了他「布被秋宵夢覺，眼前萬里江山」（《清平樂》）的關懷。所以不同者，實由蘇、辛所處的時世。蘇在治世，天下事業不至於敗壞，百姓疾苦不至於水火，執義不移的緊迫感不强，尚能「窮則獨善其身，達則兼善天下」，故糾纏較少。辛則在亂世，江山至於半壁，民生至於凋敝，執義不移的緊迫感就很强了，竟失「獨善」之資，惟有「恢復」之責，加之屢受外界環境的牽制，故糾纏較多。於是同爲「萬事皆空」的達觀，蘇是超曠，辛則掙扎、鬥争，一氣盤旋，却終得所守。《花間集》中温、韋用情一往而深，百折不撓，同樣終得所守。情也，氣也，遂渾然與性合一。我們可以仿陳廷焯的説法講：「温韋、稼軒，不同而同者也。」

辛詞的「古來」三句，是姑爲曠達之語，實有三層之感慨。蓋辛棄疾自南歸之日起，恢復之志何嘗一日或忘？然二十餘年失志懷憤，憂讒畏譏，故激爲反語，極説英雄功名之無常，此第一層之感慨。偏於此雨打風吹之慨歎中，點以「漢殿秦宫」四字，則中原故國時在念中，而我唯能以「萬事皆空」自遣自解，此第二層之感慨。再於英雄之上綴以「三五個」字樣，則古來成就事業者本少，乃置如此人物於如此不可爲之時世，倘所謂天意，果是耶非耶，此第三層之感慨。昔之信陵君，豈非以事不可爲，遂沉溺醇酒婦人之間？此辛棄疾所以處「身世」於「酒杯中」、「夢入」於「少年叢」也。辛棄疾少年本具風流浪漫之性情，每於不得志之際，寄意歌酒，屢言

「倩何人喚取，紅巾翠袖，揾英雄淚」（《水龍吟》）、「有玉人憐我，爲簪黃菊」（《滿江紅》）。今則中年已屆，絲竹摒除，偏於萬般無可奈何之際，再入幻夢。夢本無憑，何況美人歌舞本來匆匆，決非可以寄意者，是又重之以無憑矣。蓋英雄之抱負，豈醇酒婦人可以遣之？徒以使氣排遣其鬱結掙扎罷了。另外，此詞題爲「山寺夜半聞鐘」，山寺則博山寺，辛棄疾是夕投宿於此，或因佛家之「空」觀，引起自身功業不成之寥落。偏寫出「夢入少年叢，歌舞匆匆」，正是以繁華寫寥落，一倍增其寥落。寥落中偏逢「老僧夜半誤鳴鐘」，自念當此中年有爲之日，放廢忽將十年，垂垂之老將至，恢復之業無期，所以「驚起西窗眠不得」。此時感慨必多，却只以「捲地西風」四字頓住，蓋此西風即「雨打風吹何處是」之風，吹來不斷，則達觀與執著，永永糾纏不能解開矣。這一首使氣固是恣肆，但在鬱結掙扎中盤旋激蕩，遂由勇氣轉而爲正氣，既非一般豪放詞人的粗率，也非蘇軾的超曠。不少名家選本都選了這首詞，儘管陳廷焯認爲它「粗魯」，還是說：「必如稼軒，乃可偶一爲之，餘子不能學也。」（《詞則·放歌集》）掩不住的欣賞溢於言表。這首的題上他加了單點單圈，是九品中的中中，比《破陣子》高了一等，其實我以爲評價低了。這首當然也不是辛詞的最高之作，因爲只見「質」，即內心本質之坦誠，還没有和「文」相映發，没有展現出辛棄疾過人的詞法技巧。

一般來説，很少有人將詞法技巧過多地和辛棄疾聯繫起來，畢竟那是「雅化之詞」特別强調的，辛詞通常被看作「詩化之詞」。「應歌之詞」在發展過程中，既要不斷開拓，也要保存「花間」範式，遂將

《花間集》運用典雅化詞彙的技巧不斷繁複變化，至少在周邦彥那裏已經形成完善的詞法，涉及字面、句法、章法等多方面的技巧，被南宋「雅詞派」全面繼承並形成風氣，「雅化之詞」成爲南宋詞的代表。「詩化之詞」大概從李後主「變伶工之詞而爲士大夫之詞」（《人間詞話》）開始，但無疑豪放派以使氣突破《花間集》的叙寫内容做出了最大的推進。可以説，「詩化之詞」和「雅化之詞」分別從内容和法則兩個方面發展了「應歌之詞」，但「應歌之詞」和「詩化之詞」都没有「雅化之詞」那樣强調法則，在並不精準的意義上通常被看作北宋詞和南宋詞的區別。辛棄疾作爲「詩化之詞」的一位重要代表，似乎跟「雅化之詞」之强調詞法頗有差異，後人也就很少關注他和詞法技巧的聯繫了。以上「應歌之詞」、「詩化之詞」、「雅化之詞」的説法，完全根據葉嘉瑩師「歌辭之詞」、「詩化之詞」、「賦化之詞」的區分，僅僅改變了用詞。

應該説周濟是非常有眼力的一位詞學家，除了從内容上深刻地發展了常州派的理論外，還特別重視形式上的詞法技巧，他以其獨有的敏鋭力看到了辛棄疾在詞法技巧上的成就。他這句話很值得注意：「稼軒由北開南，夢窗由南追北，是詞家轉境。」我們談到北宋詞和南宋詞的最大區別在於對内容和詞法的不同側重，辛棄疾開拓了詞的叙寫内容，屬於「詩化之詞」的重要作者，這一點毫無異議，但何以「由北開南」呢？我們注意到周濟的上一句「稼軒則沈著痛快，有轍可循，南宋諸公無不傳其衣盋」（《宋四家詞選目録序論》)，約略體會到是講詞法的「有轍可循」。豪放詞經過從蘇軾到辛棄疾百年來的發展，已經習慣了通過法則軌約内容的方式，但畢竟和婉約派有所不同。從詞彙的使用看，婉約派叙寫内容狹隘，需要的詞彙不必太豐富，因此可以局限於西昆體的範圍内，主要取法晚唐；豪放派叙寫内容開闊多了，勢必需要大量的詞彙，正好宋詩裏最流行的江西派，給了廣泛取材的先例。「雅化之詞」基本繼承的是婉約派，張炎説「(字面)多於温庭筠、李長吉詩中來」(《詞源》)，沈義父説「要求字面，當看温飛卿、李長吉、李商隱及唐人諸家詩句中字面好而不俗者，採摘用之」(《樂府指迷》)，這是非常明顯的。「詩化之詞」從江西派取法，集大成的人物就是辛棄疾，吴衡照説：「辛稼軒别開天地，横絶古今，《論》、《孟》、《詩》小序、《左氏春秋》、《南華》、《離騷》、《史》、《漢》、《世説》、《選》學、李杜詩，拉雜運用，彌見其筆力之峭。」(《蓮子居詞話》卷一)就這一點來説，「詩化之詞」裏辛棄疾的地位和「雅化之詞」裏的周邦彦是一樣的。其實風格和詞彙往往相關聯，習慣了詞「以婉約爲宗」，辛棄疾如此用詞也會讓人感到太過刺眼，所以岳珂有「用事多」(《桯史》卷三)之論，劉克莊有「掉書袋」(《劉叔安感秋八詞跋》)之譏。但豪放派最終取得了認可，這一點便成了優勢，周濟説他「才情富艷，思力果鋭，南北兩朝，實無其匹」，應該更多的是肯定其運用典雅化詞彙的豐富。詞之應用典雅化詞彙，不恰好重演了宋詩從「西昆體」到「江西派」的進路？和周邦彦一樣，辛棄疾也給了「雅化之詞」重要的影響，這就是周濟説的「南宋諸公無不傳其衣盋」、「由北開南」的真實意義。只是辛棄疾的影響是偶然通過姜夔造成的，一來姜夔和辛棄疾有私交，二來姜夔的詞多用賦筆，需要較多的詞彙量。於是姜夔在更多受到周邦彦影響的同時，也受了辛棄疾的影響，並將之傳到效法他的張炎、王沂孫等一派詞人群體裏，這一點是詞史研究中值得重視的。周濟説：「白石脱胎稼軒，變雄健爲清剛，變馳驟爲疏宕。蓋二公皆極熱中，故氣味吻合。辛寬姜窄，寬故容穢，窄故鬥硬。」（《宋四家詞選目録序論》）所謂「脱胎」只是講詞彙運用的法則，法則近於「虚位」（韓愈《原道》揭示的「定名」和「虚位」之别），需要依傍有「定名」的内容，就是「雄健」、「馳驟」和「清剛」、「疏宕」。所以姜夔之於辛棄疾，變的是風格内容，不變的是詞彙運用的法則。周濟説「熱中」有些費解，辛棄疾和姜夔在品行上都絶不能算熱中，只能是藝術上的熱中，這表現於對法則的過度偏愛，那兩人確實都是免不了的。但又有了「定名」的不同：辛棄疾叙寫的範圍開闊，所以説「寬」，也就不免泥沙俱下；姜夔的叙寫則僅限於自身的日常生活，所以説「窄」，就在出奇避俗上下功夫，故曰「鬥硬」。正是「虚位」之同，辛、姜以後有些作者居然難於定位，如蔣捷或被算作辛派詞人，或被算作姜派詞人。又因爲「定名」之不同，法則一致的作者往往風格大别，如陳維崧和朱彝尊在雲間派後竭力開闢，共同取法南宋，但朱善於言情，陳長於使氣，詞風截然判别。但浙西和陽羡兩派的其他作者，没有他們那樣明顯的言情和使氣的差異，相互之間也就不易區分了。順便補充一句，周濟説吳文英「由南追北」，自然是説吳文英以詞法爲主，但比别的南宋作者更多了内在的感發。至於説到「詞家轉境」，轉向文質相互映發上當然是一致的，但辛棄疾是自「詩化之詞」的立場轉，吳文英是自「雅化之詞」的立場轉。

還有一點也應該提出來，辛棄疾不僅不强調詞法技巧，甚至表現得也不是太惹眼，這也是一般不大將他與詞法相聯繫的一個原因。陳維崧的詞很容易讓人感覺「極蒼凉，亦極雄麗，真才人之筆」（《白雨齋詞話》卷四），所以可以摘句處極多，尤其是用典的精絶、屬對的巧妙，但辛棄疾雖以「掉書袋」聞名，却没那樣被特别關注到。其實細讀辛詞，其用典、屬對也同樣出色，只是「因爲辛棄疾自己内心中原具有一種强烈真摯的感發之力量，所以纔能在使用古典之時，對古人、古事、古書、古語，也都賦予了充沛鮮活的生命」（《靈谿詞説·論辛棄疾詞》），内容就比詞法技巧更引起讀者的重視了。陳廷焯説：「稼軒自有真耳，不得其本，徒逐其末，以狂呼叫囂爲稼軒，亦誣稼軒甚矣。」（《白雨齋詞話》卷十）這是就使氣説，其實就詞法技巧説也一樣，即使「極蒼凉，亦極雄麗」，如果失去了辛詞强烈真摯的感發力量，也同樣「初讀令人色變，再讀令人齒冷」（卷八）。

辛棄疾在詞中運用的技巧，無疑多自江西派得來，其實姜夔也一樣，姜夔自己明説了：「三薰三沐師黄太史氏。」（《白石道人詩集自叙》）不過姜夔並没有掌握黄庭堅那麽多技巧，只是把詩文的普遍法則在詞中運用到了極致，但辛棄疾却對江西派的各種正法奇巧無不運用入妙。我們特别注意兩點。其一，黄庭堅在使用典雅化詞彙時，發現了讓他異常興奮的情况：經典語彙和現實叙寫之間往往會有齟齬，如果在作者的努力下，齟齬之處竟然出現了一致，某種幽默感産生了，這事件本身比典雅化詞彙的使用更有美學趣味。其二，由齟齬處出現一致性的發現，我們可以更進一步，將更多異質性的東西統一起來，形成驚奇的美學效果。如果異質性的東西是各種文體，體裁之間的錯亂運用能使某一種文體更加多樣多彩。在江西派的詩裏，我們經常遇到這些情况，辛棄疾都能不著痕跡地將它化在自己風格獨特的詞裏。尤其當各種文體間錯亂運用之時，辛詞出現了遠超蘇詞「以詩爲詞」的特色，楚騷、漢賦、古文等等，無不可以用來爲詞。何况辛詞還能將這一切互相之間任意結合，造成萬花筒般的奇觀，這技巧決定了他是詞壇一人，我想陳維崧遠没有達到如此的才人之筆。

我們來看《賀新郎·别茂嘉十二弟》：

绿樹聽鵜鴂。更那堪、鷓鴣聲住，杜鵑聲切。啼到春歸無尋處，苦恨芳菲都歇。算未抵、人間離别。馬上琵琶關塞黑，更長門、翠輦辭金闕。看燕燕，送歸妾。　將軍百戰身名裂。向河梁、回頭萬里，故人長絶。易水蕭蕭西風冷，滿坐衣冠似雪。正壯士、悲歌未澈。啼鳥還知如許恨，料不啼、清泪長啼血。誰共我，醉明月。

這首「以賦爲詞」，陳匪石説：「尋江淹《别賦》《恨賦》，皆首尾述意，中間歷叙若干事，而此則擬《别賦》者。」（《宋詞舉》）看來没有什麽問題。但宋人陳模説：「此詞盡集許多怨事，全與太白《擬恨賦》手段相似。」爲何置現成的《别賦》不顧，反引李白《擬恨賦》？大概從題目看固似擬《别賦》，但《别賦》叙事爲普遍性的，《擬恨賦》則爲具體性的，辛詞的「手段」和《擬恨賦》正相似。爲了對比一下辛棄疾和陳維崧在技巧上的具體異同，我們同時看一下陳維崧的《歸田樂引·題王石谷晴郊散牧圖》：

散牧涼秋月。或樹根、癢而摩者，或飲寒湫窟。渡者人立者，蹄者鳴者，喜則相濡怒相齕。　矜秋露毛骨。卬首森然如陵闕。緣崖被坂，虧蔽滿林樾。駝一塞馬七。豕牛羊百三十。牧笛一聲日西没。

此詞顯然擬韓愈的《畫記》，從大的方面看也可以説與辛詞「手段相似」。但辛詞的叙事似乎没有安排，甚至受了詞律的束縛，比如「馬上琵琶」以下一句（或兩短句）寫一件事，「將軍百戰」以下三句纔寫一件事，總共五件事，連分配都不均衡。但陳詞看來頗用心思，如陳廷焯説「或樹根」五句「化筆墨爲煙雲，凌厲無敵」，「緣崖」五句「純以神行」（《詞則·別調集》），都體現出心思所在。更進一步看，陳詞的好處也就止步於在技巧上花的心思，辛詞却透出了慨歎。首句是和「啼到春歸」兩句呼應的，説緑樹上聽到鵜鴂先鳴，想到的是《離騷》「使夫百草爲之不芳」，看到的是「芳菲都歇」、春日竟去。中間插入「更那堪」兩句，鷓鴣聲是「行不得也」，已「住」則茂嘉必行，杜鵑聲是「不如歸去」，正「切」則茂嘉竟去。此詞題下注：「鵜鴂、杜鵑實兩種，見《離騷補注》。」以三種鳥啼渲染出送別茂嘉的環境，而「更那堪」的兩種本已透出離別意思，却突以「算未抵、人間離別」一句頓住，以下不説別茂嘉，連説五個別離故典：王昭君、陳皇后、莊姜、李陵、荆軻。這些故事究竟想説明什麼，詞中絲毫不作透露。張惠言説：「茂嘉蓋以得罪謫徙，故有是言。」（《詞選》卷二）周濟説：「上片，北都舊恨。下片，南渡新恨。」（《宋四家詞選》）俱不足信。但也不應只以讀《別賦》、《擬恨賦》法讀之，蓋賦是通過故典客觀傳達其情狀，詞則如葉師所説已將自家「充沛鮮活的生命」賦予了故典。此詞作於辛棄疾晚歲，不得意之情，抑塞磊落之氣，都借別茂嘉抒發。但更不知究欲何言，遂將故典拉雜寫之，却用賦體手段安排，其妙正在可道不可道之間。這時的凌亂恰與自家抑塞磊落之氣相合，五件事分配的不均衡居然也與内容之需要相合，轉覺陳維崧徒費一番安排思力。「啼鳥還知」二句，忽又闔合在「杜鵑」上，再點「不如歸去」。直到一結，纔明白扣上題面，遂戛然而止。透出的感慨與文體之錯亂再作錯雜，愈覺五光十色，陳維崧則只似一色之明暗變幻而已。類似的辛詞如《沁園春》「將止酒戒酒杯使勿進」等二首擬《答賓戲》、《解嘲》（此據陳模《懷古録》卷中，劉體仁以爲擬《毛穎傳》），《水龍吟》「用些語再題瓢泉，歌以飲客，聲韻甚諧，客皆爲之釂」擬《招魂》，皆極見詞法技巧，但如陳廷焯説：「稼軒詞自以《賀新郎》（别茂嘉十二弟）一篇爲冠，沈鬱蒼涼，跳躍動盪，古今無此筆力。」（《白雨齋詞話》卷一）至若劉體仁説：「稼軒『杯汝前來』，《毛穎傳》也。『誰共我，醉明月』，《恨賦》也。皆非詞家本色。」（《七頌堂詞繹》）可知於江西詩法、詞學本質均一無領會。

辛棄疾詞六百餘首，很難講哪一首「爲冠」，《賀新郎·别茂嘉十二弟》誠爲名作，但從美學内蘊之豐富錯雜看，短小的《西江月·遣興》也很值得重視：

> 醉裏且貪歡笑，要愁那得工夫。近來始覺古人書，信着全無是處。　昨夜松邊醉倒，問松我醉何如。只疑松動要來扶，以手推松曰去。

所謂「遣興」，是通過叙寫酒醉來排遣自己的鬱悶，於是通過醉酒的糊塗意識和現實的清醒意識之背離，搞了個小玩笑，鬱悶變成了興致。這首詞最顯著的特點肯定是幽默。何謂幽默？康德説：「在一切應當激起一場熱烈的哄堂大笑的東西裏面，都必須有某種荒謬的東西（因此知性就自身而言在它那裏不可能感到愉悦）。笑是由一種緊張的期待突然轉變成虚無而來的激情。」（《判斷力批判》第五十四節）這個説法還不够透徹，幽默其實是對知性規律有意識的違反，從反規律體現出的美感。可以説，醜是我們根本没有認識到規律，由無規律帶來的必然荒謬使我們感到的某種不愉悦的情感；幽默則是我們認識到了規律却有意造成對規律的違反，使對規律的期待突然轉變成虚無，由此而使我們感到的某種愉悦的情感。這首詞是在清醒意識下寫醉酒的糊塗意識，對規律的違反是知而故違，所以是幽默不是醜。江西派是從經典語彙和現實叙寫之間的齟齬中悟出幽默，在幽默中可以繼續保持詞彙的典雅化，也可以不再保持，這種自由性被看作「活法」，成爲楊萬里寫詩的訣竅。但「活法」决非楊萬里的專利，蘇軾就已經習慣應用了：「東坡長句波瀾浩大，變化不測，如作雜劇，打猛諢入却打猛諢出也。」（阮閲《詩話總龜》後集卷三十一）辛棄疾也是如此，不必得自楊萬里影響。同時，這裏保留了兩個經典語彙出處。一處是上闋的後兩句，出《孟子·盡心下》：「孟子曰：『盡信書則不如無書，吾於《武成》，取二三策而已矣。』」一處是最後一句，出《漢書·龔勝傳》：「博士夏侯常見勝應禄不和，起至勝前謂曰：『宜如奏所言。』勝以手推常曰：『去。』」經史的出處最高古，也是江西派樂道的，如黄庭堅《寄黄幾復》「我居北海君南海，寄雁傳書謝不能」，前一句用《左傳》，後一句「謝不能」用《漢書》。（本出《史記》，只是宋人重《漢書》，故任注即引《漢書》。）但用在詞裏，又不失自然合適，恐只有辛棄疾可辨。還有一點，全篇頗似

「以文爲詞」，最後一句直用《漢書》，更見驚奇。這些手段本已錯綜繁複，更將憤懣從幽默中透出，遠過《賀新郎·别茂嘉十二弟》之五光十色。

首二句暗中翻案，李白詩「舉杯消愁愁更愁」本是衆所熟知的名句，却説「醉裏」「歡笑，要愁那得工夫」，便是佯作醉語。但用「且貪」二字横隔其間，所翻之案又翻了回來。「貪」者不當得而得，本無歡笑，憑醉而索，即「貪」。「且」者聊且，明知此「貪」本亦無益，還要聊且「貪」取，此自欺語。我之以自欺而安，天下豈不以相欺而安？自古人以來，皆知天道不可信，何事書中屢屢教人信之？善惡果有報耶，無報耶？特相欺而安罷了。故坦然言「近來始覺古人書，信着全無是處」，此雖借醉語發之，其實何嘗真醉？半首之中，醒醉錯綜，正反交織，看似平常語却繁複如此，則自身原具感發之力量使然。此二句觸及禮法，再説則危言聳聽，實已説到盡頭，不得不另下轉語，故有下闋之「問松」。此首亦辛棄疾晚歲放廢時作，竟無相知者共飲，遂至醉倒時可語者唯一松樹，其寂寞實近「衆人皆醉我獨醒」，翻寫成「衆人皆醒我獨醉」，無乃「逃醉」者歟？末句「以手推松曰去」，我之與松，一如龔勝之與夏侯常，同是不相知者，遂將此松樹一併掃去，天地茫茫，竟無知我者，夫復何言哉！此首絶短小，而且如陳廷焯所説「詞中如《西江月》……等調，或病纖巧，或類曲唱，最不易工」（《白雨齋詞話》卷九），但其中頓挫盤鬱，不愧佳作。我很奇怪，歷代詞選很少選及此詞，評語也不多，只有明人李濂批點較爲人知：「清狂老子好作奇怪語。」也不過説其於幽默中抒憤懣罷了。大概「近來始覺古人書，信着全無是處」二句，非聖無法，嚇退了操選政者。

使氣固是來自辛棄疾的禀賦，但其氣一往直前、百折不屈，由勇氣上升爲正氣，纔是他避免了旁人之陷於粗率的主要原因。缺失了這點，即使以詞法技巧多方回護，也難於避免。如果説《破陣子》只是勇氣，《浪淘沙》、《西江月》都近於正氣，《賀新郎》則是表現禀正氣者之「怨悱而不亂」者。「花間」模式的偏見强烈排斥使氣，甚至正氣都視而不見，但最能接受「怨悱而不亂」的詩教傳統，以之「爲冠」並不難理解。但《賀新郎》的奇巧太過，絢爛已極，知性之放縱和使氣之恣肆相發，實在不免矜才使氣。辛詞中有一種，完全脱去使氣、技巧，「絢爛之極歸於平淡」，却和婉約派頗爲相近，得到更多人的欣賞，陳廷焯所謂「信筆寫去，格調自蒼勁，意味自深厚，不必劒拔弩張，洞穿已過七札，斯爲絶技」（《白雨齋詞話》卷一）。這雖不能説是辛詞的最高之境，却是值得重視的另一種審美品質。我選擇了一首《漢宮春・立春》：

春已歸來，看美人頭上，裊裊春幡。無端風雨，未肯收盡餘寒。年時燕子，料今宵、夢到西園。渾未辦、黄柑薦酒，更傳青韭堆盤。　却笑東風從此，便薰梅染柳，更没些閑。閑時又來鏡裏，轉變朱顔。清愁不斷，問何人、會解連環。生怕見、花開花落，朝來塞雁先還。

這首詞周濟《詞辨》、《宋四家詞選》，朱祖謀《宋詞三百首》都選了，顯然是辛詞名篇。但不知何故，《詞則》漏選了，陳廷焯早年的《雲韶集》選入，《宋詞三百首箋注》引《白雨齋詞話》的評語實出《雲韶集》。也許全詞「信筆寫去」，没有那麽五光十色，很多學者都相信鄧廣銘《稼軒詞編年箋注·增訂三版題記》裏的考證，認爲作於宋高宗紹興三十二年臘月二十二日立春（公曆已經是一一六三年），「爲稼軒渡江後第一篇創作」，其時辛棄疾年僅二十三歲。原因也有説明：「據詞中的『年時燕子，料今宵夢到西園』句，知其違别故鄉濟南僅及一年；『却笑東風……又來鏡裏，轉變朱顔』諸句，爲稼軒以『朱顔』形容自己面貌僅有的一次，知其確作於青年期内；而『渾未辦黄柑薦酒，更傳青韭堆盤』兩句，也正説明新建立的家庭，在飲食居住等條件上還都很簡陋。」只有鄭騫《稼軒詞校注》説：「此詞見丙集，蓋作於寧宗慶元三、四年韓侂胄始當國時。」我想鄧先生的三個論據都不確鑿，而梁啟超認爲《稼軒詞》「丙集自宦閩詞起收」（《跋四卷本稼軒詞》），比較起來，鄭先生的説法更可靠。何况此詞「格調自蒼勁，意味自深厚」，不像年輕人手筆。

開頭三句扣「立春」寫，陳廷焯説「何等風韻，起勢飄灑」（《雲韶集》卷五），並不恰切，這句其實以飄灑見沉痛，而不是見「風韻」。首先通過可見的「美人頭上，裊裊春幡」，寫出不可見的「春已歸來」，一如「從飛沙、麥浪、波紋裏看出了風的姿態」（錢鍾書《中國詩與中國畫》），可說是飄灑。其次把一片俗世的熱鬧寫出，而這和全詞的悲慨意味顯得格格不入，透露着危機四伏的半壁江山下一片偷安的世風。因此「立春」並不帶來任何生機，這是沉痛處，「無端風雨，未肯收盡餘寒」，補足了這層意思。周濟説「『春幡』九字，情景已極不堪」，同是看到了這層。「年時燕子，料今宵、夢到西園。」這句極有比興意思，周濟説「燕子猶記年時好夢」，大概「好夢」是説恢復之志尚存，辛棄疾自北歸，夢到的「西園」或許真在北方。這時他已經老大，按照「慶元三、四年」的説法，也就是一一九七年、一一九八年，他已經五十七八歲了，恢復看看無望，當此立春之日，有何心緒參與到俗世的熱鬧中去？所以説全然没有準備什麼黃柑酒，何况是青韭盤，「黃柑青韭」成了俗世熱鬧的象徵物，周濟所謂「極寫燕安鴆毒」。换頭一連五句，周濟以爲「又提動黨禍」，鄭騫遂有「刺侂胄斥逐朱晦庵、趙汝愚諸人，而信用蘇師旦、陳自强諂佞之輩」（《稼軒詞校注》）之説。比興似乎過於深求，也就過於狹隘了。其實只是和「美人頭上，裊裊春幡」相呼應，俗世偷安之風既成，大勢所趨，天意竟隨之而轉，連東風都參與在極盡宴安的世風之中。「薰梅染柳」，出李賀《瑶華樂》詩：「薰梅染柳將贈君。」傳説梅柳得氣之先，這裏點出大勢與迎合者之相得而樂。「閑時又來鏡裏，轉變朱顔」，則自己不肯迎合，徒然自苦，朱顔爲之轉變矣，真所謂「苦者自苦，樂者自樂」。「清愁不斷」二句，寫盡如此之徒然和無奈。結句則寫出不甘處，春秋代序，塞雁先還，本極自然，何至於怕？怕時序者，不甘於消磨中老去；怕見塞雁者，鄭騫注引陸游《枕上偶成》詩「自恨不如雲際雁，南來猶得過中原」，不甘於恢復之志不行。周濟説：「結用雁與燕激射，却捎帶五國城舊恨。」正以燕子和塞雁之對比，一空懷好夢，一長見故國，激射出恢復之志舉世竟無人顧及。這是對南宋朝野上下的全面指責，所以總説一句：「辛詞之怨，未有甚於此者。」（《宋四家詞選》）

這首詞正如周濟説的「斂雄心，抗高調，變温婉，成悲涼」，從寫立春中透出時代風雨，於南唐一派如中主、馮延巳，遺貌取神，應該最受到詞學舊派的欣賞。雖不見矜才使氣，但仍和婉約一派有别，疏朗之氣隱約潛行其中，譚獻説「以古文長篇法行之」（《譚評詞辨》），大概就是指這樣的感受。不過譚獻仍是從外在法則技巧着眼，陳廷焯却從内在精神指出：「只是鑿空寫去，《離騷》耶？漢樂府耶？我莫名其妙。」這顯然看到詞中透出的時代感來，但却不是莊語直陳，也不似「美人香草」的托喻，乃用「《離騷》耶？漢樂府耶？」這樣含糊的説法强調一下，其實他是深入體會到了辛詞文質的相合。最後補充了一句：「稼軒詞，其源出自楚《騷》。」（《雲韶集》卷五）這是以他能够運用的表達方式，説出無論文質如何相得益彰，決定處仍在美好的本質。

元大德本稼軒長短句

據中國國家圖書館藏元大德三年
廣信書院刻本影印原書版框高
二十三點三厘米寬十七點七厘米

余素不解詞而所藏宋元諸名家詞獨富如汲古閣珍
藏祕本書目中所載原稿皆在焉然皆精抄舊抄而無
有宋元槧本頃從郡故家得此元刻稼軒詞而歎其珍秘
無匹也稼軒詞卷帙多寡不同以此十二卷者為最善毛
氏亦從此鈔出惜其行款體例有不同耳潤蕢據毛抄
以增補闕葉非憑空撰出者可比而洞僊歌中缺一字抄
本亦無因以墨釘識之其十一卷中四之五一葉亦即是卷七之八
一葉之例非文有脫落而故強就之也是書得此補足幾還
舊觀至于是書精刻純乎元人松雪翁書而俗子不知妄為
描寫可謂浮雲之污甚至強作解事校改原文如卷十中為
人慶八十席上戲作有云人間八十最風流長貼在兒兒額
上校者云下兒字當作孫潤蕢以為兒、或是奴家之稱二語

之意當以八字作眉字解知此則改兕為豨豈不大可笑乎本
擬滅此幾字恐損古書故凡遇俗手描寫處皆不滅其痕後
之明眼人當自領之

嘉慶己未　黄丕烈識

稼軒長短句目録

卷之一

卷之二

卷之三

卷之四

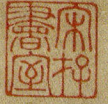

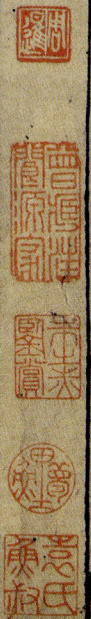

卷之七

卷之八

卷之九

卷之十二

稼軒長短句目録

稼軒長短句卷之一

哨遍

秋水觀

蝸角鬬爭左觸右蠻一戰連千里君試思方寸此心微總虛空并包無際喻此理何言泰山毫末從來天地一稊米嗟小大相形鳩鵬自樂之二蟲又何知記跖行仁義孔丘非更殤樂長年老彭悲火鼠論寒氷蠶語熱定誰同異　噫貴賤隨時連城纔

換一羊皮誰與犧萬物莊周吾夢見之正
商略遺篇翩然顧笑空堂夢覺題秋水有
客問洪河百川灌雨涇流不辨涯涘於是
焉河伯欣然喜以天下之美盡在己渺滄
溟望洋東視踆巡向若驚嘆謂我非逢子
大方達觀之家未免長見悠然笑耳此堂
之水幾何其但清溪一曲而已

用前韻

一壑自專五柳笑人晚乃歸田里問誰知

幾者動之微望飛鴻冥冥天際論妙理濁
醪正堪長醉從今自釀躬耕米嗟美惡難
齊盈虛如代天耶何必人知試回頭五十
九年非似夢裏歡娛覺來悲夔乃憐蚿穀
亦亡羊算來何異　嘻物諱窮時豐狐文
豹罪因皮富貴非吾願皇皇乎欲何之正
萬籟都沈月明中夜心彌萬里清如水却
自覺神遊歸來坐對依稀淮岸江涘看一
時魚鳥忘情喜會我已忘機更忘己又何

曾物我祖視非魚濠上遺意要是吾非子
但教河伯休慙海若小大均為水耳安問
喜慍更何其笑先生三仕三已

趙昌父之祖季思學士退居鄭
圃有亭名魚計宇文叔通為作
古賦今昌父之弟成父於所居
鑿池築亭榜以舊名昌父為成
父作詩屬余賦詞余為賦哨遍
莊周論於蟻弃知於魚得計於

羊弃意其義美矣然上文論虱託於豕而淂焚羊肉爲蟻所慕而致殘下文將併結二義乃獨置豕虱不言而遽論魚其義無所從起又間於羊蟻兩句之間使羊蟻之義離不相屬何耶其必有深意存焉顧後人未之曉耳或言蟻淂水而死羊淂水而病魚淂水而活此最穿鑿不成

義趣余嘗反覆尋繹終未能淂
意毋必有能讀此書而了其義
者他日倘見之而問焉姑先識
余疑於此詞云爾

池上主人人適忘魚魚適還忘水洋洋乎
翠藻青萍裏想魚兮無便於此嘗試思莊
周正談兩事一明豕蝨一羊蟻說蟻慕於
羶於蟻弃知又說於羊弃意甚蝨焚於豕
獨忘之却驟說於魚為淂計千古遺文我

不知言以我非子　子固非魚噫魚之為
計子焉知河水深且廣風濤萬頃堪依有
網罟如雲鵜鶘成陣過而留泣計應非其
外海茫茫下有龍伯飢時一啖千里更任
公五十犗為餌使海上人人厭腥味似鷗
鵬變化能幾東遊入海此計直以命為嬉
古来謬算狂圖五鼎烹死指為平地嗟魚
欲事遠遊時請三思而行可矣

六州歌頭

屬得疾暴甚醫者莫曉其狀小
愈困臥無聊戲作以自釋

晨來問疾有鶴止庭隅吾語汝只三事太
愁予病難扶手種青松樹礙梅塢妨花逕
纔數尺如人立却須鋤 秋水堂前曲沼
明於鏡可燭眉鬚被山頭急雨耕壟灌泥
塗誰使吾廬映汙渠 嘆青山好簷外竹
遮欲盡有還無删竹去吾乍可食無魚愛
扶疎又欲為山計千百慮累吾軀 凡病

此吾過矣子奚如口不能言臆對金盧扁藥石難除有要言抄道事見七發往問北山愚庶有瘳乎

蘭陵王

賦一丘一壑

一丘壑老子風流占却茅簷上松月桂雲脉脉石泉逗山脚尋思前事錯惱煞晨猿夜鶴終須是鄧禹輩人錦繡麻霞坐黄閣長歌自深酌看天闊鳶飛淵靜魚躍西

風黃菊香噴薄悵日暮雲合佳人何處紉
蘭結佩帶杜若入江海曾約 遇合事難
托莫擊磬門前荷蕢人過仰天大笑冠簪
落待說與窮達不須疑着古來賢者進亦
樂退亦樂

己未八月二十日夜夢有人以石
研屏見餉者其色如玉光潤可愛
中有一牛磨角作鬬狀云湘潭里
中有張其姓者多力善鬬號張

難敵一日與人搏偶敗忿赴河而
死居三日其家人來視之浮水上
則牛耳自後並水之山往、有此
石或渴之里中輒不利夢中異、
之為作詩數百言大抵皆取古
之怨憤變化異物等事覺而忘
其言後三日賦詞以識其異

恨之極恨極銷磨不得萇弘事人道後來
其血三年化為碧鄭人緩也泣吾父攻儒

助墨十年夢沈痛化予秋柏之間既為實
相思重相憶被怨結中腸潛動精魄望
夫江上巖巖立嗟一念中變後期長絶君
看啓母憤所激又俄頃為石　難敵最多
力甚一念沉淵精氣為物依然困鬬牛磨
角便影入山骨至今雕琢尋思人世只合
化夢中蝶

賀新郎

賦水仙

雲臥衣裳冷看蕭然風前月下水邊幽影羅襪生塵凌波去湯沐煙波萬頃愛一點嬌黃成暈不記相逢曾解佩甚多情為我香成陣待和淚收殘粉　靈均千古懷沙恨記當時匆匆忘把此僊題品烟雨淒迷僝僽損翠袂搖搖誰整謾寫入瑤琴幽憤絃斷招魂無人賦但金杯的皪銀臺潤愁殢酒又獨醒

賦海棠

著厭霓裳素染臙脂苧羅山下浣沙溪渡誰與流霞千古醞引淂東風相誤從史入吳宮深處鬢亂釵橫渾不醒轉越江剗地迷歸路煙艇小五湖去　當時倩淂春留住就錦屏一曲種種斷腸風度纔是清明三月近須要詩人妙句箋援筆慇懃為賦十樣蠻牋紋錯綺粲珠璣淵擲驚風雨重喚酒共花語

賦滕王閣

高閣臨江渚訪曾城空餘舊迹黯然懷古畫棟朱簾當日事不見朝雲暮雨但遺意西山南浦天宇脩眉浮新緑映悠悠潭影長如故空有恨奈何許　王郎健筆誇翹楚到如今落霞孤鶩競傳佳句物換星移知幾度夢想珠歌翠舞為徙倚闌干凝竚目斷平蕪蒼波晚快江風一瞬澄襟暑誰共飲有詩侶

賦琵琶

鳳尾龍香撥自開元霓裳曲罷幾番風月
最苦潯陽江頭容畫舸亭亭待發記出塞
黄雲堆雪馬上離愁三萬里望昭陽宮殿
孤鴻沒絃解語恨難說　遼陽驛使音塵
絕瑣窻寒輕攏慢撚淚珠盈睫推手含情
還却手一抹梁州哀澈千古事雲飛煙滅
賀老定場無消息想沉香亭北繁華歇彈
到此為嗚咽

又

柳暗凌波路送春歸猛風暴雨一番新綠
千里瀟湘葡萄漲人解扁舟欲去又檣燕
留人相語艇子飛來生塵步唾花寒唱我
新番句波似箭催鳴櫓　黃陵祠下山無
數聽湘娥泠泠曲罷為誰情苦行到東吳
春已暮正江闊潮平穩渡望金雀觚稜翔
舞前度劉郎今重到問玄都千樹花存否
愁為倩么絃訴

陳同父自東陽來過余留十日

與之同遊鵝湖且會朱晦庵於紫溪不至飄然東歸既別之明日余意中殊戀戀復欲追路至鷺鷥林則雪深泥滑不得前矣獨飲方村悵然久之頗恨挽留之不遂也夜半投宿吳氏泉湖四望樓聞鄰笛悲甚為賦乳燕飛以見意又五日同父書來索詞心所同然者如此可發一千里笑

把酒長亭說看淵明風流酷似卧龍諸葛何處飛來林間鵲蹙踏松梢殘雪要破帽多添華髮賸水殘山無態度被疎梅料理成風月兩三鴈也蕭瑟　佳人重約還輕別悵清江天寒不渡水深冰合路斷車輪生四角此地行人銷骨問誰使君來愁絕鑄就而今相思錯料當初費盡人間鐵長夜笛莫吹裂

同父見和再用韻答之

老大那堪說似而今元龍臭味孟公瓜葛我病君來高歌飲驚散樓頭飛雪笑富貴千鈞如髮硬語盤空誰來聽記當時只有西窻月重進酒換鳴瑟　事無兩樣人心別問渠儂神州畢竟幾番離合汗血鹽車無人顧千里空收駿骨正目斷關河路絕我最憐君中宵舞道男兒到死心如鐵看試手補天裂

用前韻贈金華杜仲高

細把君詩說怳餘音鈞天浩蕩洞庭膠葛千丈陰崖塵不到唯有層冰積雪乍一見寒生毛髮自昔佳人多薄命對古來一片傷心月金屋冷夜調瑟　去天尺五君家別看乘空魚龍慘淡風雲開合起望衣冠神州路白日消殘戰骨歎夷甫諸人清絶夜半狂歌悲風起聽錚錚陣馬簷間鐵南共北正分裂

三山雨中游西湖有懷趙丞相

經始

翠浪吞平野挽天河誰來照影臥龍山下煙雨偏宜晴更好約略西施未嫁待細把江山圖畫千頃光中堆灔瀩似扁舟欲下瞿塘馬中有句浩難寫　詩人例入西湖社記風流重來手種綠陰成也陌上遊人誇故國十里水晶臺榭更複道橫空清夜粉黛中洲歌何曲問當年魚鳥無存者堂上燕又長夏

和前韻

覔句如東野，想錢塘風流處士，水仙祠下。更憶小孤烟浪裏，望斷彭郎欲嫁。是一色空濛難畫。誰解胷中吞雲夢，試呼来草賦看司馬。須更把，上林寫。

雞豚舊日漁樵社。問先生帶湖春漲，幾時歸也。為愛琉璃三萬頃，正卧水亭煙樹。對玉塔微瀾深夜。鴈鶩如雲休報事，被詩逢敵手皆勍者。春草夢，也宜夏。

又和

碧海桒成野笑人間江翻平陸水雲高下自是三山顏色好更着雨婚煙嫁料未必龍眠能畫擬向詩人求幼婦倩諸君妙手皆談馬湏進酒為陶寫　回頭鷗鷺瓢泉社莫吟詩莫拋尊酒是吾盟也千騎而今遮白髮忘却滄浪亭榭但記淂灞陵呵夜我輩從来文字飲怕壯懷激烈湏歌者蟬噪也緑陰夏

別茂嘉十二弟鵜鴂杜鵑實兩
種見離騷補注
綠樹聽鵜鴂更那堪鷓鴣聲住杜鵑聲切
啼到春歸無尋處苦恨芳菲都歇算未抵
人間離別馬上琵琶關塞黑更長門翠輦
辭金闕看燕燕送歸妾　將軍百戰身名
裂向河梁回頭萬里故人長絕易水蕭蕭
西風冷滿坐衣冠似雪正壯士悲歌未徹
啼鳥還知如許恨料不啼清淚長啼血誰

共我醉明月

題趙兼善龍圖東山小魯亭

下馬東山路恍臨風周情孔思悠然千古寂寞東家丘何在縹緲危亭小魯試重上巖巖高處更憶公歸西悲日正濛濛陌上多零雨嗟費却幾章句 謝公雅志還成趣記風流中年懷抱長携歌舞政爾良難君臣事晚聽秦箏聲苦快滿眼松篁千畝把似渠垂功名 淚筭何如且作溪山主雙

白鳥又飛去

題傅君用山園

曾與東山約爲儵魚從容分得清泉一勺堪羨高人讀書處多少松窗竹閣甚長被遊人占却萬卷何言達時用士方窮早與人同樂新種得幾花藥　山頭怪石蹲秋鶚俯人間塵埃野馬孤撑高攫拄杖危亭扶未到已覺雲生兩脚更擬却朝來毛髮此地千年曾物化莫呼猿且自多招鶴吾

亦有一丘壑

用韻題趙晉臣敷文積翠巖余
謂當築陂於其前

拄杖重來約到東風洞庭張樂滿空簫勺
巨海拔犀頭角出東向北山高閣尚依舊
爭前又却老我傷懷登臨際問何方可以
平哀樂唯是酒萬金藥　勸君且作横空
鶚便休論人間腥腐紛紛烏攫九萬里風
斯在下翻覆雲頭雨脚快直上崑崙濯髮

好臥長虹陂十里是誰言聽取雙黄鶴樵
翠影浸雲壑

韓仲止判院山中見訪席上用
前韻

聽我三章約用世說語有談功談名者罰談經
深酌作賦相如親滌器識字子雲投閣算
枉把精神費却此會不如公榮者莫呼來
政爾妨人樂醫俗士苦無藥　當年衆鳥
看孤鶴意飄然横空直把曹吞劉攫老我

山中誰來伴須信窮愁有脚似剪盡還生
僧髮自斷此生天休問倩何人說與乘軒
鶴吾有志在丘壑

邑中園亭僕皆爲賦此詞一日
獨坐停雲水聲山色競來相娛
意溪山欲援例者遂作數語庶
幾彷彿淵明思親友之意云

甚矣吾衰矣悵平生交遊零落只今餘幾
白髮空垂三千丈一笑人間萬事問何物

能令公喜我見青山多嫵媚料青山見我應如是情與貌略相似　一尊搔首東窗裏想淵明停雲詩就此時風味江左沈酣求名者豈識濁醪妙理回首叫雲飛風起不恨古人吾不見恨古人不見吾狂耳知我者二三子

再用前韻

鳥倦飛還矣笑淵明缾中儲粟有無能幾蓮社高人留翁語我醉寧論許事試沽酒

重斟翁喜一見蕭然音韻古想東籬醉臥
參差是千載下竟誰似　元龍百尺高樓
裏把新詩殷勤問我停雲情味北夏門高
從拉攞何事須人料理翁曾道繁華朝起
塵土人言寧可用顧青山與我何如耳歌
且和楚狂子

題傅巖叟悠然閣

路入門前柳到君家悠然細說淵明重九
晚歲淒其無諸葛惟有黃花入手更風雨

東籬依舊陡頓南山高如許是先生拄杖歸來後山不記何年有是中不減康廬秀倩西風為君喚起翁能來否鳥倦飛還平林去雲自無心出岫賸準備新詩幾首欲辨忘言當年意慨遙遙我去羲農久天下事可無酒

用前韻再賦

肘後俄生柳嘆人生不如意事十常八九右手淋浪才有用閒却持螯左手謾贏得

三百五十一

傷心感舊投閣先生惟寂寞笑是非不了身前後持此語問烏有　青山幸自重重秀問新來蕭蕭木落頗堪秋否總被西風都瘦損依舊千巖萬壑把萬事無言搔首翁比渠儂人誰好是我常與我周旋久寧作我一杯酒

嚴和之好古博雅以嚴本莊姓取蒙莊子陵四事曰濮上曰濠梁曰齊澤曰嚴瀨爲四圖屬余

賦詞予謂蜀君平之高揚子雲所謂雖隋和何以加諸者班孟堅獨取子雲所稱述爲王貢諸傳序引不敢以其姓名列諸傳尊之也故余以謂和之當併圖君平像置之四圖之間庶幾蔵氏之高節備焉作乳燕飛詞使歌之

濮上看垂釣更風流羊裘澤畔精神孤矯

楚漢黃金公卿印比着漁竿誰小但過眼纔堪一笑惠子焉知濠梁樂望桐江千丈高臺好煙雨外幾魚鳥　古來如許高人少細平章兩翁似與巢由同調已被堯知方洗耳畢竟塵汚人了要名字人間如掃我愛蜀莊沈冥者解門前不使徵車到君為我畫三老

和徐斯遠下第謝諸公載酒韻

逸氣軒眉宇似王良輕車熟路驊騮欲舞

我覺君非池中物咫尺蛟龍雲雨時與命
猶須天賦蘭佩芳菲無人問嘆靈均欲向
重華訴空壹鬱共誰語　兒曹不料揚雄
賦怪當年甘泉誤說青蔥玉樹風引舡回
滄溟闊目斷三山伊阻但笑指吾廬何許
門外蒼官三百輩盡堂堂八尺鬚髯古誰
載酒帶湖去

稼軒長短句卷之二

念奴嬌

書東流村壁

野棠花落，又匆匆過了清明時節。剗地東風欺客夢，一夜雲屏寒怯。曲岸持觴，垂楊繫馬，此地曾輕別。樓空人去，舊遊飛燕能說。 聞道綺陌東頭，行人曾見，簾底纖纖月。舊恨春江流不斷，新恨雲山千疊。料得明朝，尊前重見，鏡裏花難折。也應驚問，近

来多少華髮

登建康賞心亭呈史留守致道

我来吊古上危樓贏得閒愁千斛虎踞龍盤何處是只有興亡滿目柳外斜陽水邊歸鳥隴上吹喬木片帆西去一聲誰噴霜竹　却憶安石風流東山歲晚泪落哀箏曲兒輩功名都付與長日惟消棊局寶鏡難尋碧雲將暮誰勸杯中緑江頭風怒朝来波浪飜屋

西湖和人韻

晚風吹雨，戰新荷聲亂明珠蒼璧。誰把香
奩收寶鏡，雲錦周遭紅碧。飛鳥翻空，遊魚
吹浪，慣趁笙歌席。坐中豪氣，看君一飲千
石。　遙想處士風流，鶴隨人去，已作飛僊
伯。茅舍踈籬今在否，松竹已非疇昔。欲說
當年，望湖樓下，水與雲寬窄。醉中休問，斷
腸桃葉消息。

和韓南澗載酒見過雪樓觀雪

兎園舊賞悵遺蹤飛鳥千山都絶縞帶銀杯江上路惟有南枝香别萬事新奇青山一夜對我頭先白倚嵒千樹玉龍飛上瓊闕 莫惜霧鬢雲鬟試教騎鶴去約尊前月自與詩翁磨凍硯看掃幽蘭新闋便擬明年人間揮汗留取層氷潔此君何事晚來曾爲雪折

賦雨巖効朱希真體

近來何處有吾愁何處還知吾樂一點凄

涼千古意獨倚西風寥闊並竹尋泉和雲
種樹喚做真閑箇此心閑處未應長藉丘
壑休說往事皆非而今云是且把清樽
酌醉裏不知誰是我非月非雲非鶴露冷
松梢風高桂子醉了還醒卻北窗高臥莫
教啼鳥驚着

雙陸和陳仁和韻

少年橫槊氣憑陵酒聖詩豪餘事袖手旁
觀初未識兩兩三三而已變化須臾鷗翻

石鏡鵲抵星橋外禍殘秋練玉砧猶想纖指堪笑千古爭心等閑一勝拚了光陰費老子忘機渾謾豈鴻鵠飛來天際武媚宮中常娘局上休把興亡記布衣百萬看君一笑沈醉

賦白牡丹和范先之韻

對花何似似吳宮初教翠圍紅陣欲笑還愁羞不語惟有傾城嬌韻翠蓋風流牙籤名字舊賞那堪省天香染露曉來衣潤誰

愁　最愛弄玉團酥就中一朶曾入揚州詠華屋金盤人未醒燕子飛來春盡最憶當年沈香亭北無限春風恨醉中休問夜深花睡香冷

和信守王道夫席上韻

風狂雨橫是邀勒園林幾多桃李待上層樓無氣力塵滿闌干誰倚就火添衣移香傍枕莫捲朱簾起元宵過也春寒猶自如此　為問幾日新晴鳩鳴屋上鵲報簷前

喜揩拭老來詩句眼要看拍堤春水月下憑肩花邊繫馬此興今休矣溪南酒賤光陰只在彈指

戲贈善作墨梅者

江南盡處墮玉京僊子絕塵英秀彩筆風流偏解寫姑射氷姿清瘦笑殺春工細窺天巧妙絕應難有丹青圖畫一時都愧凡陋　還似籬落孤山嫩寒清曉祇欠香沾袖淡佇輕盈誰付與弄粉調朱纖手疑是

花神揭来人世占得佳名久松篁佳韻倩
君添做三友

韻梅

踈踈淡淡問阿誰堪比天真顔色笑殺東
君虚占斷多少朱朱白白雪裏温柔水邊
明秀不借春工力骨清香嫩迥然天與奇
絶　書記寶籞寒輕瑣窗人睡起玉纖輕
摘漂泊天涯空瘦損猶有當年標格萬里
風烟一溪霜月未怕欺他得不如歸去閬

風有箇人惜

瓢泉酒酣和東坡韻

倘來軒冕問還是今古人間何物舊日重
城愁萬里風月而今堅壁藥籠功名酒壚
身世可惜蒙頭雪浩歌一曲坐中人物三
傑休嘆黃菊凋零孤標應也有梅花爭
發醉裏重揩西望眼惟有孤鴻明滅萬事
從教浮雲來去枉了衝冠髮故人何在長
庚應伴殘月

再用韻和洪莘之通判丹桂詞

道人元是道家風來作烟霞中物翠幰裁犀遮不定紅透玲瓏油壁借得春工惹將秋露薰做江梅雪我評花譜便應推此為傑

憔悴何處芳枝十郎手種看明年花發坐斷虛空香色界不怕西風起滅別駕風流多情更要簪滿嫦娥髮等閑折盡玉斧重倩脩月

又

洞庭春晚舊傳恐是人間尤物收拾瑶池
傾國豔來向朱欄一壁透户龍香隔簾鶯
語料得肌如雪月妖真態是誰教避人傑
酒羅歸對寒窗相留昨夜應是梅花發
賦了高唐猶想像不管孤燈明滅半面難
期多情易感愁點星星髮繞梁聲在為伊
忘味三月

趙晋臣敷文十月望生日自賦
詞屬余和韻

看公風骨似長松磊落多生奇節世上兒
曹都蓄縮凍芋旁堆秋瓞結屋溪頭境随
人勝不是江山別紫雲如陣妙歌爭唱新
闋　尊酒一笑相逢與公臭味菊茂蘭須
悦天上四時調玉燭萬事宜詢黃髮看乘
東歸周家梓父手把元龜說祝公長似十
分今夜明月

和趙國興知錄韻

為沽美酒過溪來誰道幽人難致更覺元

龍樓百尺湖海平生豪氣自嘆年來看花索句老不如人意東風歸路一川松竹如醉　怎得身似莊周夢中胡蝶花底人間世記取江頭三月暮風雨不爲春計萬斛愁來金貂頭上不抵銀缾貴無多笑我此篇聊當賓戲

重九席上

龍山何處記當年高會重陽佳節誰與老兵供一笑落帽參軍華髮莫倚忘懷西風

也解點檢尊前客淒涼今古眼中三兩飛蝶　須信采菊東籬高情千載只有陶彭澤愛説琴中如得趣絃上何勞聲切試把空杯翁還肯道何必杯中物臨風一笑請翁同醉今夕

用韻荅傅先之提舉

君詩好處似鄒魯儒家還有奇節下筆如神强押韻遺恨都無毫髮炙手炎來掉頭冷去無限長安客丁寧黃菊未消勾引蜂

蝶　天上絳闕清都聽君歸去我自臞山澤人道君才剛百鍊美玉都成泥切我愛風流醉中傾倒丘壑胸中物一杯相屬莫孤風月今夕

賦傅巖叟香月堂兩梅

未須草草賦梅花多少騷人詞客揔被西湖林處士不肯分留風月疎影橫斜暗香浮動把斷春消息試將花品細參今古人物　看取香月堂前歲寒相對楚兩龔之

潔自與詩家成一種不係南昌僊籍怕是當年香山老子姓白來江國謫僊人字太白還又名白

余既爲傳巖叟兩梅賦詞傳君用席上有請云家有四古梅今百年矣未有以品題乞援香月堂例欣然許之且用前篇體製戲賦

是誰調護歲寒枝都把蒼苔封了茆舍疏

蘺江上路清夜月高山小撲簌應知曹劉
洗謝何況霜天曉芬芳一世料君長被花
惱惆悵立馬行人一枝最愛竹外橫斜
好我向東鄰曾醉裏喚起詩家二老拄杖
而今婆娑雪裏又識商山皓請君置酒看
渠與我傾倒

沁園春

帶湖新居將成

三徑初成鶴怨猿驚稼軒未來。甚雲山自

許平生意氣，衣冠人笑，抵死塵埃。意倦須還，身閑貴早，豈為蓴羹鱸鱠哉。秋江上，看驚弦鴈避，駭浪船回。

東岡更葺茅齋。好都把軒窗臨水開。要小舟行釣，先應種柳；疏籬護竹，莫礙觀梅。秋菊堪餐，春蘭可佩，留待先生手自栽。沉吟久，怕君恩未許，此意徘徊。

送趙景明知縣東歸再用前韻

佇立瀟湘，黃鵠高飛，望君未來。快東風吹

斷西江對語急呼斗酒旋拂塵埃却怪英姿有如君者猶欠封侯萬里我空贏得道江南佳句只有方回　錦帆畫舫行齋悵雪浪黏天江影開記我行南浦送君折柳君逢驛使為我攀梅落帽山前呼鷹臺下人道花須滿縣栽都休問看雲霄高處鵬翼徘徊

戊申歲奏邸忽騰報謂余以病掛冠因賦此

老子平生笑盡人閒兒女怨恩況白頭能幾定應獨往青雲得意見說長存抖擻衣冠憐渠無恙合掛當年神武門都如夢算能爭幾許雞曉鐘昏　此心無有新冤況抱甕年來自灌園但淒涼顧影頻悲往事殷勤對佛欲問前因却怕青山也妨賢路休鬬尊前見在身山中友試高吟楚些重與招魂

期思舊呼奇獅或云碁師皆非

也余考之荀鄉書云孫叔敖期思之鄙人也期思屬弋陽郡此地舊屬弋陽縣雖古之弋陽期思見之圖記者不同然有弋陽則有期思也橋壞復成父老請余賦作沁園春以證之

有美人兮玉佩瓊琚吾夢見之問斜陽猶照漁樵故里長橋誰記今古期思物化蒼茫神遊彷彿春與猿吟秋鶴飛還驚笑向

晴波忽見千丈虹霓覺來西望崔嵬更上有青楓下有溪待空山自薦寒泉秋菊中涂却送桂棹蘭旗萬事長嗟百年雙鬢吾非斯人誰與歸憑闌久正清愁未了醉墨休題

答余叔良

我試評君君定何如玉川似之記李花初發乘雲共語梅花開後對月相思白髮重來畫橋一望秋水長天孤鶩飛同吟處看

佩搖明月衣捲青霓　相君高節崔嵬是
此處耕巖與釣溪被西風吹盡村簫社鼓
青山留得松蓋雲旗弔古愁濃懷人日暮
一片心從天外歸新詞好似淒涼楚些字
字堪題

答楊世長

我醉狂吟君作新聲倚歌和之算芬芳定
向梅間得意輕清多是雪裏尋思朱雀橋
邊何人會道野草斜陽春燕飛都休問甚

元無霧雨却有晴霓　詩壇千丈崔嵬更有筆如山墨作溪看君才未數曹劉敵手風騷合受屈宋降旗誰識相如平生自許慷慨須乘駟馬歸長安路問垂虹千柱何處曾題

靈山齊菴賦時築偃湖未成

疊嶂西馳萬馬回旋衆山欲東正驚湍直下跳珠倒濺小橋橫截缺月初弓老合投閑天教多事檢校長身十萬松吾廬小在

龍蛇影外風雨聲中　争先見面重重看爽氣朝来三數峰似謝家子弟衣冠磊落相如庭户車騎雍容我覺其間雄深雅健如對文章太史公新堤路問偃湖何日烟水濛濛

弄溪賦

有酒忘杯有筆忘詩弄溪奈何看從橫斗轉龍蛇起陸崩騰决去雪練傾河嫋嫋東風悠悠倒影搖動雲山水又波還知否欠

菖蒲攢港綠竹緣坡長松誰翦嵳峩笠
野老來芸山上禾算只因魚鳥天然自樂
非關風月閒處偏多芳艸春深佳人日莫
濯髮滄浪獨浩歌裂回久問人間誰佀老
子婆娑

期思卜築

一水西來千丈晴虹十里翠屏喜草堂經
歲重來杜老斜川好景不負淵明老鶴高
飛一枝投宿長笑蝸牛戴屋行平章了待

十分佳處着箇茅亭　青山意氣崢嶸似為我歸來嫵媚生解頻教花鳥前歌後舞更催雲水莫送朝迎酒聖詩豪可能無勢我乃而今駕馭卿清溪上被山靈却笑白髮歸耕

將止酒戒酒杯使勿近

杯汝來前老子今朝點檢形骸甚長年抱渴咽如焦釜于今喜睡氣似奔雷汝說劉伶古今達者醉後何妨死便埋渾如許嘆

汝於知己眞少恩哉　更憑歌舞爲媒筭合作人間鴆毒猜況怨無小大生於所愛物無美惡過則爲災與汝成言勿留亟退吾力猶能肆汝杯杯再拜道麾之即去招亦須來

城中諸公載酒入山予不得以止酒爲解遂破戒一醉再用韻

杯汝知乎酒泉罷侯鴟夷乞骸更高陽入謁都稱虀臼杜康初筮正得雲雷細數從

前不堪餘恨歲月都將麴糵埋君詩好似
提壺却勸沽酒何哉　君言病豈無媒似
壁上雕弓蛇暗猜記醉眠陶令終全至樂
獨醒屈子未免沈菑歎聽公言慙非勇者
司馬家兒解覆杯還堪笑借今宵一醉為
故人來　用邴原事

壽趙茂嘉郎中時以置兼濟倉
賑濟里中除直秘閣

甲子相高亥首曾疑絳縣老人看長身玉

立鶴般風度方頤髯須傑虎樣精神文爛鄉
雲詩淩鮑謝筆勢駸駸更右軍渾餘事羨
儞都夢覺金閨名存　門前父老忻忻煥
奎閣新褒詔語溫記他年帷幄須依日月
只今劍履快上星辰人道陰功天教多壽
看到貂蟬七葉孫君家裏是幾枝丹桂幾
樹靈椿

和吳子似縣尉

我見君來頓覺吾廬溪山美哉悵平生肝

膽都成楚越只今膠漆誰是陳雷搔首踟躕愛而不見要得詩來渴望梅還知否快清風入手日看千回　直須抖擻塵埃人怪我柴門今始開向松間乍可從他喝道庭中且莫踏破蒼苔豈有文章謾勞車馬待喚青芻白飯來君非我任功名意氣莫恁徘徊

稼軒長短句卷之二

稼軒長短句卷之三

水調歌頭

舟次揚州和楊濟翁周顯先韻

落日塞塵起，胡騎獵清秋。漢家組練十萬，列艦聳層樓。誰道投鞭飛渡，憶昔鳴髇血汚，風雨佛貍愁。季子正年少，匹馬黑貂裘。

今老矣，搔白首，過揚州。倦游欲去江上，手種橘千頭。二客東南名勝，萬卷詩書事業，嘗試與君謀。莫射南山虎，直覓富民侯。

又

落日古城角把酒勸君留長安路遠何事
風雪弊貂裘散盡黃金身世不管秦樓人
怨歸計狎沙鷗明夜扁舟去和月載離愁
功名事身未老幾時休詩書萬卷致身
須到古伊周莫學班超投筆縱得封侯萬
里憔悴老邊州何處依劉客寂寞賦登樓
淳熙丁酉自江陵移帥隆興到
官之三月被召司馬監趙卿王

漕餞別司馬賦水調歌頭席間次韻時王公明樞密坐客終夕為興門戶之歎故前章及之

我飲不須勸，正怕酒尊空。別離亦復何恨，此別恨匆匆。頭上貂蟬貴客，苑外麒麟高塚，人世竟誰雄。一笑出門去，千里落花風。　孫劉輩，能使我，不為公。余髮種種如是，此事付渠儂。但覺平生湖海，除了醉吟風月，此外百無功。毫髮皆帝力，更乞鑑湖東。

淳熙己亥自湖北漕移湖南周總領王漕趙守置酒南樓席上留別

折盡武昌柳掛席上瀟湘二年魚鳥江上笑我往來忙富貴何時休問離別中年堪恨憔悴鬢成霜絲竹陶寫耳急羽且飛觴　序蘭亭歌赤壁繡衣香使君千騎鼓吹風采漢侯王莫把離歌頻唱可惜南樓佳處風月已淒涼在家貧亦好此語試平章

盟鷗

帶湖吾甚愛，千丈翠奩開。先生杖屨無事，一日走千回。凡我同盟鷗鷺，今日既盟之後，來往莫相猜。白鶴在何處，嘗試與偕來。

破青萍，排翠藻，立蒼苔。窺魚笑汝癡計，不解舉吾杯。廢沼荒丘疇昔，明月清風此夜，人世幾歡哀。東岸綠陰少，楊柳更須栽。

湯朝美司諫見和，用韻爲謝

白日射金闕，虎豹九關開。見君諫疏頻上

談笑挽天回千古忠肝義膽萬里蠻煙瘴
雨往事莫驚猜政恐不免耳消息日邊來
笑吾廬門掩草徑封苔未應兩手無用
要把蟹螯杯說劍論詩餘事醉舞狂歌欲
倒老子頗堪哀白髮寧有種一一醒時栽
嚴子文同傳安道和前韻因再
和謝之
寄我五雲字恰向酒邊開東風過盡歸鴈
不見客星回均道瑣窗風月更著詩翁杖

穫合作雪堂猜子文作雪齋寄書云近以旱無以延客歲旱莫留客霖雨要渠來短燈檠長劍鋏欲生苔雕弓掛壁無用照影落清杯多病關心藥裹小摘親鉏菜甲老子政須衰瘟雨北窗竹更倩野人栽

和趙景明知縣韻

官事未易了且向酒邊來君如無我問君懷抱向誰開但放平生丘壑莫管傍人嘲罵深蟄要驚雷白髮還自笑何地置衰顏

五車書千石飲百篇才新詞未到瓊瑰先夢滿吾懷已過西風重九且要黃花入手詩興未闌梅君要花滿縣桃李趁時栽

壽趙漕介庵

千里渥洼種名動帝王家金鑾當日奏草落筆萬龍蛇帶得無邊春下等待江山都老教看鬢方鴉莫管錢流地且擬醉黃花喚雙成歌弄玉舞綠華一觴爲飲千歲江海吸流霞聞道清都帝所要挽銀河僊

派西北洗胡沙回首日邊去雲裏認飛車

和王正之右司吳江觀雪見寄

造物故豪縱千里玉鸞飛等閒更把萬斛瓊粉蓋玻黎好卷垂虹千丈只放氷壺一色雲海路應迷老子舊游處回首夢耶非

謫僊人鷗鳥伴兩忘機掀髯把酒一笑詩在片帆西寄語煙波舊侶聞道蓴鱸正美休裂芰荷衣上界足官府汗漫與君期

九日遊雲洞和韓南澗尚書韻

今日復何日黃菊為誰開淵明謾愛重九
胷次正崔嵬酒亦關人何事政自不能不
爾誰遣白衣来醉把西風扇隨處障塵埃
為公飲須一日三百杯此山高處東望
雲氣見蓬萊翳鳳驂鸞公去落佩倒冠吾
事抱病且登臺歸路踏明月人影共徘徊

再用韻呈南澗

千古老蟾口雲洞挿天開漲痕當日何事
洶湧到崔嵬攫土摶沙兒戲翠谷蒼崖幾

變風雨化人來萬里須臾耳野馬驟空埃
笑年來蕉鹿夢畫蛇杯黃花憔悴風露
野碧漲荒萊此會明年誰健後日猶今視
昔歎彝只空臺愛酒陶元亮無酒正徘徊

再用韻李子永提幹

君莫賦幽憤一語試相開長安車馬道上
平地起崔嵬我愧淵明久矣猶借此翁湔
洗素壁寫歸來斜日透虛隙一線萬飛埃
斷吾生左持蟹右持杯買山自種雲樹

山下斸煙萊百錬都成繞指萬事直須稱好人世幾輿臺劉郎更堪笑剛賦看花回

慶韓南澗尚書七十

上古八千歲纔是一春秋不應此日剛把七十壽君侯看取垂天雲翼九萬里風在下與造物同游君欲計歲月嘗試問莊周醉淋浪歌窈窕舞溫柔從今杖屨南澗白日為君留聞道鈞天帝所頻上玉卮春酒冠蓋擁龍樓快上星辰去名姓動金甌

席上用黃德和推官韻壽南澗

上界足官府，公是地行僊。青氊劍履舊物，玉立近天顏。莫怪新來白髮，恐是當年柱下，道德五千言。南澗舊活計，猿鶴且相安。歌秦缶，寶康瓠，世皆然。不知清廟鍾磬，零落有誰編。莫問行藏用舍，畢竟山林鍾鼎，底事有虧全。再拜荷公賜，雙鶴一千年。公以雙鶴見壽

和信守鄭舜舉蔗庵韻

萬事到白髮日月幾西東羊腸九折岐路
老我慣經從竹樹前溪風月雞酒東家父
老一笑偶相逢此樂竟誰覺天外有冥鴻
味平生公與我定無同玉堂金馬自有
佳處著詩翁好鎖雲煙窗戶怕入丹青圖
畫飛去了無蹤此語更癡絕真有虎頭風

送信守王桂發

酒罷且勿起重挽使君鬚一身都是和氣
別去意何如我輩情鍾休問又老田頭說

尹淚落獨憐渠秋水見毛髮千尺定無魚
望清闕左黃閣右紫樞東風桃李陌上
下馬拜除書屈指吾生餘幾多病妨人痛
飲此事正愁予江湖有歸鴈能寄草堂無

送鄭厚卿赴衡州

寒食不小住千騎擁春衫衡陽石鼓城下
記我舊停驂襟以蕭湘桂嶺帶以洞庭青
草紫蓋屹西南文字起騷雅刀劍化耕蠶
看使君於此事定不凡奮髯抵几堂上尊

俎自高譚莫信君門萬里但使民歌五袴
歸詔鳳皇街君去我誰飲明月影成三

提幹李君索余賦秀野綠遶二詩
余詩尋醫久矣姑合二榜之意賦
水調歌頭以遺之然君才氣不減
流輩豈求田問舍而獨樂其身耶

文字覷天巧亭榭定風流平生丘壑歲晚
也作稻粱謀五畝園中秀野一水田將綠
遶穲稏不勝秋飯飽對花竹可是便忘憂

吾老矣探禹穴欠東遊君家風月幾許
白鳥去悠悠插架牙籤萬軸射虎南山一
騎容我攬鬚不更欲勸君酒百尺卧高樓

元日投宿愽山寺見者驚歎其老

頭白齒牙缺君勿笑衰翁無窮天地今古
人在四之中臭腐神奇俱盡貴賤賢愚等
耳造物也兒童老佛更堪笑談妙說虛空
坐堆豗行答颯立龍鍾有時三盞兩盞
淡酒醉蒙鴻四十九年前事一百八盤狹

路拄杖倚墻東老境竟何似只與少年同

送楊民瞻

日月如磨蟻萬事且浮休君看簷外江水滾滾自東流風雨瓢泉夜半花草雪樓春到老子已菟裘歲晚問無恙歸計橘千頭夢連環歌彈鋏賦登樓黃雞白酒君去村社一番秋長劍倚天誰問夷甫諸人堪笑西北有神州此事君自了千古一扁舟

送施樞密聖與帥江西信之讖云

水打烏龜石方人也大奇實施字

相公倦台鼎要伴赤松游高牙千里東下笳鼓萬貔貅試問東山風月更看中年絲竹留得謝公不孺子宅邊水雲影自悠悠

占古語方人也正黑頭穹龜突兀千丈

石打玉溪流金印沙堤時節畫棟珠簾雲雨一醉早歸休賤子祝再拜西北有神州

壬子三山被召陳端仁給事飲餞席上作

長恨復長恨裁作短歌行何人為我楚舞
聽我楚狂聲余既滋蘭九畹又樹蕙之百
畮秋菊更餐英門外滄浪水可以濯吾纓
一杯酒問何似身後名人間萬事毫髮
常重泰山輕悲莫悲生離別樂莫樂新相
識兒女古今情富貴非吾事歸與白鷗盟

題張晉英提舉玉峯樓

木末翠樓出詩眼巧安排天公一夜削出
四面玉崔嵬疇昔此山安在應為先生見

晚萬馬一時来白鳥飛不盡却帶夕陽回

勸公飲左手蟹右手杯人間萬事變滅今古幾池臺君看莊生達者猶對山林皋壤哀樂未忘懷我老尚能賦風月試追陪

三山用趙丞相韻答帥幙王君且有感於中秋近事併見之末章

說與西湖客觀水更觀山淡粧濃抹西子喚起一時觀種柳人今天上對酒歌翻水調醉墨捲秋瀾老子興不淺歌舞莫教閑

看樽前輕聚散少悲歡城頭無限今古落日曉霜寒誰唱黃雞白酒猶記紅旗清夜千騎月臨關莫說西州路且盡一杯看

即席和金華杜仲高韻併壽諸友

惟釂乃佳耳

萬事一杯酒長嘆復長歌杜陵有客剛賦雲外築婆娑須信功名兒輩誰識年來心事古井不生波種種看余髮積雪就中多二三子問丹桂倩素娥平生螢雪男兒

無奈五車何看取長安得意莫恨春風看盡花柳自蹉跎今夕且懽笑明月鏡新磨

醉吟

四座且勿語聽我醉中吟池塘春草未歇高樹變鳴禽鴻鴈初飛江上蟋蟀還來牀下時序百年心誰要卿料理山水有清音

懽多少歌長短酒淺深而今已不如昔後定不如今閑處直須行樂良夜更教秉燭高會惜分陰白髮短如許黃菊倩誰簪

題趙晉臣敷文真得歸方是閑二堂

十里深窈窕萬瓦碧參差青山屋上流水屋下綠橫溪真得歸來笑語方是閑中風月剩費酒邊詩點檢笙歌了琴罷更圍棋　王家竹陶家柳謝家池知君勳業未了不是枕流時莫向癡兒說夢且作山人索價頻倚鶴書遲一事定嗔我已辦比山移

賦傅巖叟悠然閣

歲歲有黃菊千載一東籬悠然政須兩字

長歌退之詩自古此山元有何事當時纔見此意有誰知君起更斟酒我醉不須辭回首處雲正出鳥倦飛重來樓上一句端的與君期都把軒窗寫遍更使兒童誦淂歸去来兮辭萬卷有時用植杖且耘耔

題吳子似縣尉瑱山經德堂堂陸象山取名也

喚起子陸子經德問何如萬鍾於我何有不負古人書聞道千章松桂剩有四時柯

葉霜雪歲寒餘此是眞山境還似象山無
耕也餒學也祿孔之徒青衫畢竟升斗
此意政關渠天地清寧高下日月東西寒
暑何用着工夫兩字君勿惜借我榜吾廬

賦松菊堂

淵明最愛菊三徑也栽松何人收拾千載
風味此山中手把離騷讀遍自掃落英餐
罷杖屨曉霜濃皎皎太獨立更挿萬芙蓉
水潺湲雲澒洞石巃嵸素琴濁酒喚客

端有古人風却揜青山能巧鼓爾横看成
嶺轉面已成峰詩句滑活法日月有新功

將迁新居不成戲作時以病止酒
且遣去歌者末章及之

我亦卜居者歲晚望三閭昂昂千里泛泛
不作水中鳧好在書攜一束莫問家徒四
壁往日置錐無借車載家具家具少於車
舞烏有歌亡是飲子虛二三子者愛我
此外故人踈幽事欲論誰共白鶴飛來似

可忽去復何如衆鳥欣有托吾亦愛吾廬

趙昌父七月望日用東坡韻敘太白東坡事見寄過相襃借且有秋水之約八月十四日卧病博山寺中因用韻為謝兼寄吴子似

我志在寥闊疇昔夢登天摩娑素月人世俛仰已千年有客驂鸞並鳳云遇青山赤壁相約上高寒酌酒援北斗我亦蝨其間少歌曰神甚放形則眠鴻鵠一再高擧

天地晴方圓欲重歌兮夢覺推枕惘然獨念人事底虧全有美人可語秋水隔嬋娟

題永豐楊少游提點一枝堂

萬事幾時足日月自西東無窮宇宙人是一粟太倉中一葛一裘經歲一鉢一瓶終日老子舊家風更著一杯酒夢覺大槐宮記當年嚇腐鼠嘆冥鴻衣冠神武門外驚倒幾兒童休說須彌芥子看取鯤鵬斤鷃小大若爲同君欲論齊物須訪一枝翁

席上為葉仲洽賦

高馬勿捶面，千里事難量。長魚變化雲雨，無使寸鱗傷。一壑一丘吾事，一斗一石皆醉，風月幾千場。鬚作蝟毛磔，筆作劒鋒長。我憐君，癡絶似，顧長康。綸巾羽扇顛倒，又似竹林狂。解道長江如練，准備傳雲堂上，千首買秋光。怨調為誰賦，一斛貯檳榔。

玉蝴蝶

追別杜仲高

古道行人來去香紅滿樹風雨殘花望斷青山高處都被雲遮客重來風流觴詠春已去光景桑麻苦無多一條垂柳兩箇啼鴂 人家疎疎翠竹陰陰緑樹淺淺寒沙醉兀籃輿夜來豪飲太狂些到如今都齊醒却只依舊無奈愁何試聽呵寒食近也且住爲佳

杜仲高書來戒酒用韻

貴賤偶然渾似隨風簾幌籬落飛花空使

兒曹馬上羞面頰邀向空江誰捐玉珮寄
離恨應折踈麻暮雲多佳人何處數盡歸
鴉　儂家生涯蠟屐功名破甑交友摶沙
往日曾論淵明似勝卧龍些算從來人生
行樂休更說日飲亡何快斟呵裁詩未穩
得酒良佳

稼軒長短句卷之三

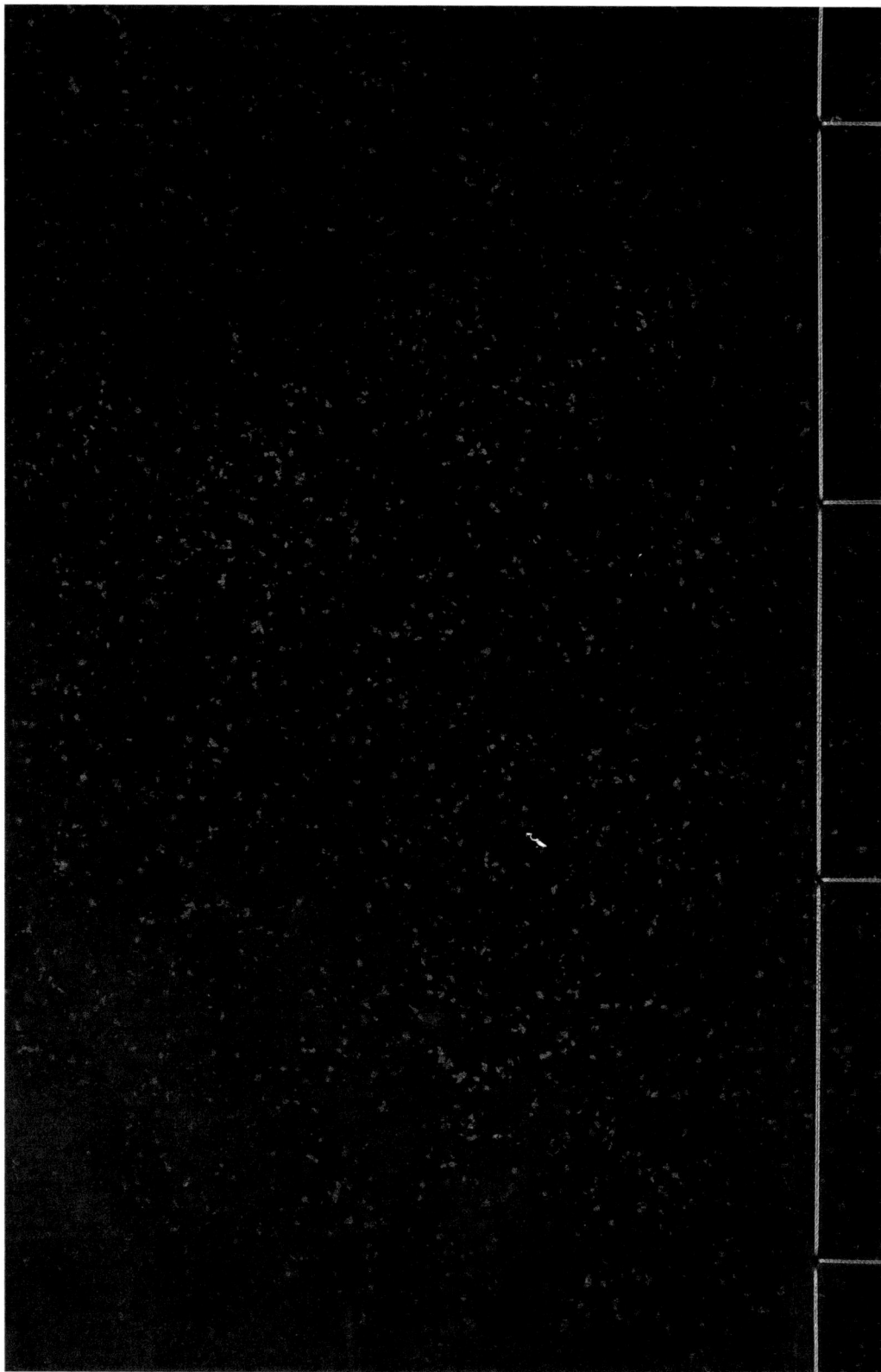

稼軒長短句卷之四

滿江紅

建康史帥致道席上賦

鵬翼垂空笑人世蒼然無物又還向九重深處玉階山立袖裏珍奇光五色他年要補天西北且歸來談笑護長江波澄碧　佳麗地文章伯金縷唱紅牙拍看樽前飛下日邊消息料想寶香黃閣夢依然畫舫清溪笛待如今端的約鍾山長相識

中秋寄遠

快上西樓怕天放浮雲遮月但喚取玉纖橫管一聲吹裂誰做冰壺涼世界最憐玉斧修時節問嫦娥孤令有愁無恙華髮

雲液滿瓊杯滑長袖舞清歌咽嘆十常八九欲磨還缺但願長圓如此夜人情未必看承別把從前離恨總成歡歸時說

中秋

美景良辰算只是可人風月況素節揚輝

長是十分清澈著意登樓瞻玉兔何人張幙遮銀闕倩誰㨾廉㝵㝵爲吹開憑誰說弦與望從負缺今與昨何區别羡夜来手把桂花堪折安㝵便登天柱上從容陪伴酬佳節更如今不聽塵談清愁如髮

又

點火櫻桃照一架荼蘼如雪春正好見龍孫穿破紫苔蒼壁乳燕引雛飛力弱流鶯喚友嬌聲怯問春歸不肯帶愁歸腸千結

層樓望春山疊家何在煙波隔把古今遺恨向他誰說蝴蝶不傳千里夢子規叫斷三更月聽聲聲枕上勸人歸歸難淂

暮春

可恨東君把春去春來無迹便過眼等閑輸了三分之一晝永暖翻紅杏雨風晴扶起垂楊力更天涯芳草最關情烘殘日湘浦岸南塘驛恨不盡愁如織算年年辜負對他寒食便憑歸來能幾許風流早已

非疇昔凭畫欄一線數飛鴻沉空碧

又

家住江南又過了清明寒食花徑裏一番風雨一番狼籍紅粉暗隨流水去園林漸覺清陰密算年年落盡拆桐花寒無力庭院靜空相憶無說處閑愁極怕流鶯乳燕得知消息尺素如今何處也綵雲依舊無蹤跡謾教人羞去上層樓平蕪碧

贛州席上呈太守陳季陵侍郎

落日蒼茫風纔定片帆無力還記淂眉来眼去水光山色倦客不知身遠近佳人已卜歸消息便歸来只是賦行雲襄王客些箇事如何淂知有恨休重憶但楚天特地暮雲凝碧過眼不如人意事十常八九今頭白笑江州司馬太多情青衫濕

賀王帥宣子平湖南寇

笳鼓歸来舉鞭問何如諸葛人道是匆匆五月渡瀘深入白虎風生貔虎譟青溪路

斷鼪鼪泣早紅塵一騎落平岡捷書急
三萬卷龍頭客渾未得文章力把詩書馬
上笑驅鋒鏑金印明年如斗大貂蟬却自
兜鍪出待刻公勳業到雲霄浯溪石

又

漢水東流都洗盡髭胡膏血人盡說君家
飛將舊時英烈破敵金城雷過耳談兵玉
帳氷生頰想王郎結髮賦從戎傳遺業
腰間劍聊彈鋏尊中酒堪為別況故人新

擁漢壇旌節馬革裹屍當自誓蛾眉伐性
休重說但從今記取楚樓風裴臺月

江行簡楊濟翁周顯先

過眼溪山怪都似舊時曾識還記得夢中
行遍江南江北佳處徑須攜杖去能消幾
緉平生屐笑塵勞三十九年非長為客
吳楚地東南坼英雄事曹劉敵被西風吹
盡了無塵跡樓觀纔成人已去旌旗未卷
頭先白嘆人間哀樂轉相尋今猶昔

又

敲碎離愁紗牕外風搖翠竹人去後吹簫聲斷倚樓人獨滿眼不堪三月暮舉頭已覺千山綠但試把一紙寄來書從頭讀相思字空盈幅相思意何時足滴羅襟點點淚珠盈掬芳草不迷行客路垂楊只礙離人目最苦是立盡月黄昏欄干曲

又

倦客新豐貂裘敝征塵滿目彈短鋏青蛇

三尺浩歌誰續不念英雄江左老用之可
以尊中國嘆詩書萬卷致君人翻沉陸
休感慨澆醽醁人易老歡難足有玉人憐
我爲簪黄菊且置請纓封萬户竟須賣劒
酬黄犢甚當年寂寞賈長沙傷時哭

又

風捲庭梧黄葉墜新凉如洗一笑折秋英
同賞弄香挼蘂天遠難窮休久望樓高欲
下還重倚搔一襟寂寞淚彈秋無人會

今古恨沉荒壘悲歡事隨流水想登樓青
鬟未堪憔悴極目煙橫山數點孤舟月淡
人千里對嬋娟從此話離愁金樽裏

冷泉亭

直節堂堂看夾道冠纓拱立漸翠谷群仙
東下佩環聲急誰信天峰飛墮地傍湖千
丈開青壁是當年玉斧削方壺無人識
山木潤琅玕濕秋露下瓊珠滴向危亭橫
跨玉淵澄碧醉舞且搖鸞鳳影浩歌莫遣

魚龍泣恨此中風物本吾家今為客

再用前韻

照影溪梅悵絕代佳人獨立便小駐雍容
千騎羽觴飛急琴裏新聲風響佩筆端醉
墨鴉棲壁是史君文度舊知名今方識
高欲臥雲還濕清可漱泉長滴快晚風吹
帽滿懷空碧寶馬嘶歸紅旆動龍團試水
銅瓶泣怕他年重到路應迷桃源客

席間和洪景盧舍人兼司馬漢章

大監

天與文章看萬斛龍文筆力聞道是一詩曾換千金顏色欲說又休新意思強啼偷笑真消息算人人合與共乘鸞鑾坡客傾國艷難再得還可恨還堪憶看書尋舊錦衲裁新碧鶯蝶一春花裏活可堪風雨飄紅白問誰家却有燕歸梁香泥濕

送湯朝美司諫自便歸金壇

瘴雨蠻煙十年夢樽前休說春正好故園

桃李待君花發兒女燈前和淚拜雞豚社裏歸時節看依然舌在齒牙牢心如鐵活國手封侯骨騰汗漫排閶闔待十分做了詩書勳業當日念君歸去好而今却恨中年别笑江頭明月更多情今宵缺

送李正之提刑入蜀

蜀道登天一杯送繡衣行客還自嘆中年多病不堪離别東北看驚諸葛表西南更草相如檄把功名收拾付君侯如椽筆

兒女淚君休滴荆楚路吾能說要新詩準備
廬山山色赤壁磯頭千古浪銅鞮陌上三
更月正梅花萬里雪深時須相憶

送信守鄭舜舉被

湖海平生算不負蒼髯如戟聞道是　君
王著意太平長策此老自當兵十萬長安
正在天西北便鳳凰飛詔下天來催歸急
車馬路兒童泣風雨暗旌旗濕看野梅
官柳東風消息莫向蔗庵追語笑只今松

二六十丈
竹無顏色問人間誰管別離愁杯中物

和楊民瞻送祐之弟還侍浮梁

塵土西風便無限淒涼行色還記取明朝應恨今宵輕別珠淚爭垂華燭暗雁行欲斷哀箏切看扁舟幸自澁清溪休催發白石路長亭側千樹柳千絲結怕行人西去棹歌聲闋黃菴莫教詩酒污玉階不信仙凡隔但從今伴我又隨君佳哉月

游南巖和范先之韻

笑拍洪崖問千丈翠巖誰削依舊是西風白鳥北村南郭似整復斜僧屋亂欲吞還吐林煙薄覺人間萬事到秋來都搖落呼斗酒同君酌更小隱尋幽約且丁寧休負北山猿鶴有鹿從渠求鹿夢非魚定未知魚樂正仰看飛鳥却應人回頭錯

和范先之雪

天上飛瓊畢竟向人間情薄還又跨玉龍歸去萬花搖落雲破林梢添遠岫月明屋

角分曾閲記少年駿馬走韓盧掀東郭
吟凍鴈嘲飢鵲人已老歡猶昨對瓊瑤滿
地與君酬酢最愛霏霏迷遠近却收擾擾
還空闊待羔兒酒罷又烹茶揚州鶴

病中俞山甫教授訪别病起寄之

曲几團蒲記方丈君來問疾更夜雨匆匆
别去一極南北萬事莫侵閑鬢髮百年正
要佳眠食最難忘此語重殷勤千金直
西崦路東巖石携手處今塵迹望重來猶有

舊盟如日莫信蓬萊風浪隔垂天自有扶搖力對梅花一夜苦相思無消息

餞鄭衡州厚卿席上再賦

莫折荼蘼且留取一分春色還記得青梅如豆共伊同摘少日對花渾醉夢而今醒眼看風月恨牡丹笑我倚東風頭如雪榆莢陣菖蒲葉時節換繁華歇算怎禁風雨怎禁鵜鴂老冉冉兮花共柳是栖栖者蜂和蝶也不因春去有閑愁因離別

送徐行仲撫幹

绝代佳人曾一笑傾城傾國休更嘆舊時青鏡而今華髮明日伏波堂上客老當益壯翁應說恨苦遭鄧禹笑人來長寂寂詩酒社江山筆松菊逕雲煙屐怕一觴一詠風流絃絕我夢橫江孤鶴去覺來却與君相別記功名萬里要吾身佳眠食

又

紫陌飛塵望十里雕鞍繡轂春未老已驚

臺榭瘦紅肥綠睡雨海棠猶倚醉舞風楊
柳難成曲問流鶯能說故園無曾相熟
巖泉上飛鳧浴巢林下棲禽宿根荼蘼開
晚謾翻船玉蓮社豈堪談昨夢蘭亭何處
尋遺墨但羈懷空自倚秋千無心蹴

盧國華由閩憲發漕建安陳瑞仁
給事同諸公餞別余為酒困卧青
涂堂上三鼓方醒國華賦詞留別
席上和韻青涂瑞仁堂名也

宿酒醒時算只有清愁而已人正在青涂
堂上月華如洗紙帳梅花歸夢覺蓴羹鱸
鱠秋風起問人生得意幾何時吾歸矣
君若問相思事料長在歌聲裏這情懷只
是中年如此明月何妨千里隔顧君與我
如何耳向樽前重約幾時來江山美

和盧國華

漢節東南看駟馬光華周道須信是七閩
還有福星來到庭草自生心意足榕陰不

動秋光好悶不知何處着君侯蓬萊島還自笑人今老空有恨縈懷抱記江湖十載厭持旌纛護落我材無所用易除殆類無根潦但欲搜好語謝新詞羞瓊報

山居即事

幾箇輕鷗來點破一泓澄綠更何處一雙鸂鶒故來爭浴細讀離騷還痛飲飽看脩竹何妨肉有飛泉日日供明珠五千斛春雨滿秧新穀閑日永眠黃犢看雲連麥

隴雪堆蠶簇若要足時今足矣以為未足
何時足被野老相扶入東園枇杷熟

和傅巖叟香月韻

半山佳句最好是吹香隔屋又還怪氷霜
側畔蜂兒成簇更把香來薰了月却教影
去斜侵竹似神清骨冷住西湖何由俗
根老大穿坤軸枝夭嬌蟠龍斛快酒兵長
俊詩壇高築一再人來風味惡兩三杯後
花緣熟記五更聯句失彌明龍啣燭

壽趙茂嘉郎中 前章記蕪湖倉事

我對君侯怪長見兩眉陰德還夢見玉皇金闕姓名仙籍舊歲炊煙渾斷被公扶起千人活算胷中除卻五車書都無物　山左右溪南北花遠近雲朝夕看風流杖屨蒼髯如戟種柳已成陶令宅散花更滿維摩室勸人間且住五千年如金石

呈趙晉臣敷文

老子平生元自有金盤華屋還又要萬間

寒士眼前突兀一舸歸來輕似葉兩翁相
對清如鵠道如今吾亦愛吾廬多松菊
人道是荒年穀還又似豐年玉甚等閑卻
爲鱸魚歸速野鶴溪邊留杖屨行人墻外
聽絲竹問近來風月幾篇詩三千軸

游清風峽和趙晉臣敷文韻

兩峽嶄巖問誰占清風舊築更滿眼雲來
鳥去澗紅山綠世上無人供笑傲門前有
客休迎肅怕淒涼無物伴君時多栽竹

風采妙凝冰玉詩句好餘膏馥嘆只今人物一夔應足人似秋鴻無定住事如飛彈須圓熟笑君侯陪酒又陪歌陽春曲

木蘭花

席上送張仲固帥興元

漢中開漢業問此地是耶非想劍指三秦君王得意一戰東歸追亡事今不見但山川滿目淚雲衣落日胡塵未斷西風塞馬空肥一篇書是帝王師小試去征西更

草草離筵匆匆去路愁滿旌旗君思我迴首
處正江涵秋影鴈初飛安得車輪四角不
堪帶減腰圍

滁州送范倅

老來情味減對別酒怯流年況屈指中秋
十分好月不照人圓無情水都不管共西
風只管送歸船秋晚蓴鱸江上夜深兒女
燈前征衫便好去朝天玉殿正思賢想
夜半承明留教視草却遣籌邊長安故人

问我道愁腸殢酒只依然目斷秋霄落鴈
醉来時響空弦

題上饒郡圃翠微樓

舊時樓上客愛把酒對南山笑白髮如今
天教放浪来往甚閒登樓更誰念我却廻
頭西北望層欄雲雨珠簾畫棟笙歌霧鬢
風鬟　近来堪入畫圖看父老願公讙甚
拄笏悠然朝来爽氣正爾相關難忘使君
後日便一花一草報平安與客攜壺且醉

鴈飛秋影江寒

寄題吴克明廣文菊隱

路傍人怪問此隱者姓陶不甚黄菊如雲朝吟暮醉喚不回頭縱無酒成悵望只東籬搔首亦風流與客朝餐一笈蔬莫飽便歸休　古來堯舜有巢由江海去悠悠待說與佳人種成香草莫怨靈脩我無可無不可意先生出處有如丘聞道問津人過殺雞爲黍相留

中秋飲酒將旦客謂前人詩詞有
賦待月無送月者因用天問體賦

可憐今夕月向何處去悠悠是別有人間那邊纔見光影東頭是天外空汗漫但長風浩浩送中秋飛鏡無根誰繫姮娥不嫁誰留　謂經海底問無由恍惚使人愁怕萬里長鯨從横觸破玉殿瓊樓蝦蟆故堪浴水問云何玉兔解沉浮若道都齊無恙云何漸漸如鉤

稼軒長短句卷之四

稼軒長短句卷之五

水龍吟

登建康賞心亭

楚天千里清秋水隨天去秋無際遙岑遠
目獻愁供恨玉簪螺髻落日樓頭斷鴻聲
裏江南游子把吳鈎看了欄干拍徧無人
會登臨意　休說鱸魚堪鱠儘西風季鷹
歸未求田問舍怕應羞見劉郎才氣可惜
流年憂愁風雨樹猶如此倩何人喚取紅

巾翠袖揾英雄淚

甲辰歲壽韓南澗尚書

渡江天馬南來幾人真是經綸手長安父老新亭風景可憐依舊夷甫諸人神州沉陸幾曾回首算平戎萬里功名本是真儒事公知否況有文章山斗對桐陰滿庭清晝當年墮地而今試看風雲奔走綠野風煙平泉草木東山歌酒待他年整頓乾坤事了為先生壽

次年南澗用前韻爲僕壽僕與公生日相去一日再和以壽南澗

玉皇殿閣微涼看公重試薰風手高門畫戟桐陰閣道青青如舊蘭佩空芳蛾眉誰妒無言搔首甚年年却有呼韓塞上人争向公安否　金印明年如斗向中州錦衣行晝依然盛事貂蟬前後鳳麟飛走富貴浮雲我評軒冕不如桮酒待從公痛飲八千餘歲伴莊椿壽

盤園任子嚴安撫挂冠得請客以
高風名其堂書来索詞為賦
斷崖千丈孤松挂冠更在松高處平生袖
手故應休矣功名良苦笑指兒曹人間醉
夢莫嗔驚汝問黄金餘幾旁人欲説田園
計君推去嘆息薌林舊隱對先生竹窗松
戸一花一草一觴一詠風流杖屨野馬塵
埃扶摇下視蒼然如許恨當年九老圖中
忘却盡盤園路

寄題京口范南伯知縣家文官花
花先白次緋次紫唐會要載學士
院有之

倚欄看碧成朱等閑褪了香袍彩上林高
選匆匆又換紫雲衣潤幾許春風朝薰莫
染爲花忙損篆舊家桃李東塗西抹有多
少淒涼恨　擬倩流鶯說與記榮華易消
難整人間得意千紅百紫轉頭春盡白髮
憐君儒冠曾誤平生官冷等風流未減年

年醉裏把花枝問

題雨巖巖類今所畫觀音補陁巖
中有泉飛出如風雨聲

補陁大士虛空翠巖誰記飛來處蜂房萬
點似穿如礙玲瓏窗戶石髓千年已垂未
落嶙峋冰柱有怒濤聲遠落花香在人疑
是桃源路 又說春雷鼻息是臥龍彎環
如許不然應是洞庭張樂湘靈來去我意
長松倒生陰壑細吟風雨竟茫茫未曉只

應白髮是開山祖

瓢泉

稼軒何必長貧放泉簷外瓊珠瀉樂天知命古來誰會行藏用舍人不堪憂一瓢自樂賢哉回也料當年曾問飯蔬飲水何爲是栖栖者　且對浮雲山上莫匆匆去流山下蒼顔照影故應零落輕裘肥馬遶齒冰霜滿懷芳乳先生飲罷笑挂瓢風樹一鳴渠碎問何如啞

用瓢泉韻戲陳仁和兼簡諸葛元亮

且督和詞

被公驚倒瓢泉倒流三峽詞源瀉長安紙貴流傳一字千金爭舍割肉懷歸先生自笑又何廉也但銜杯莫問人間豈有如孺子長貧者　誰識稼軒心事似風乎舞雩之下回頭落日蒼茫萬里塵埃野馬更想隆中卧龍千尺高吟纔罷倩何人與問雷鳴瓦釜甚黄鍾啞

用些語再題瓢泉歌以飲客聲韻
甚諧客皆為之釂
聽兮清珮瓊瑤些明兮鏡秋毫些君無去
此流昏漲膩生蓬蒿些虎豹甘人渴而飲
汝寧猿猱些大而流江海覆舟如芥君無
助狂濤些路險兮山高些塊予獨處無
聊些冬槽春盎歸來為我製松醪些其外
芳芬團龍片鳳煮雲膏些古人兮既往嗟
予之樂樂簞瓢些

過南劍雙溪樓

舉頭西北浮雲倚天萬里須長劍人言此地夜深長見斗牛光燄我覺山高潭空水冷月明星淡待燃犀下看凭欄却怕風雷怒魚龍慘　峽束蒼江對起過危樓欲飛還斂元龍老矣不妨高臥冰壺涼簟千古興亡百年悲笑一時登覽問何人又卸片帆沙岸繫斜陽纜

爰李延年歎淳于髡語合爲詞寄

兼高唐神女洛神賦之意云

昔時曾有佳人翩然絕世而獨立未論一顧傾城再顧又傾人國寧不知其傾城傾國佳人難再得看行雲行雨朝朝暮暮陽臺下襄王側　堂上更闌燭滅記主人留髡送客合尊促坐羅襦襟解微聞薌澤當此之時止乎禮義不淫其色但啜其泣矣啜其泣矣又何嗟及

別傳先之提舉時先之有召命

只愁風雨重陽思君不見令人老行期定否征車幾緉去程多少有客書來長安卻早聲去傳聞追詔問歸來何日君家舊事直須待爲霖了從此蘭生蕙長吾誰與玩茲芳草自憐拙者功名相避去如飛鳥只有良朋東阡西陌安排似巧到如今巧處依前又拙把平生笈

又

老來曾識淵明夢中一見參差是覺來幽

恨停觴不御欲歌還止白髮西風折腰五斗不應堪此問北窗高臥東籬自醉應別有歸來意　須信此翁未死到如今凜然生氣吾儕心事古今長在高山流水富貴他年直饒未免也應無味甚東山何事當時也道為蒼生起

摸魚兒

淳熙己亥自湖北漕移湖南同官王正之置酒小山亭為賦

更能消幾番風雨匆匆春又歸去惜春長怕花開早何況落紅無數春且住見說道天涯芳草無歸路怨春不語算只有殷勤畫簷蛛網盡日惹飛絮　長門事準擬佳期又誤蛾眉曾有人妒千金縱買相如賦脉脉此情誰訴君莫舞君不見玉環飛燕皆塵土閑愁最苦休去倚危闌斜陽正在煙柳斷腸處

觀潮上葉丞相

望飛來半空鷗鷺須臾動地鼙鼓截江組練驅山去鏖戰未收貔虎朝又暮悄慣得吳兒不怕蛟龍怒風波平步看紅旆驚飛跳魚直上蹙踏浪花舞　憑誰問萬里長鯨吞吐人間兒戲千弩滔天力倦知何事白馬素車東去堪恨處人道是屬鏤怨憤終千古功名自誤謾教得陶朱五湖西子一舸弄煙雨

兩巖有石狀甚怪取離騷九歌名

曰山鬼因賦摸魚兒改名山鬼謠

問何年此山來此西風落日無語看君似是羲皇上直作太初名汝溪上路算只有紅塵不到今猶古一杯誰舉笑我醉呼君崔嵬未起山鳥覆杯去　須記取昨夜龍湫風雨門前石浪掀舞四更山鬼吹燈嘯驚倒世間兒女依約處還問我清游杖屨公良苦神交心許待萬里攜君鞭笞鸞鳳誦我遠游賦石浪菴外巨石也長三十餘丈

西河

送錢仲耕自江西漕移守婺州

西江水道似西江人淚無情却解送行人月明千里從今日日倚高樓傷心煙樹如薺　會君難別君易草草不如人意十年着破繡衣茸種成桃李問君可是厭承明東方鼓吹千騎　對梅花更消一醉看明年調鼎風味老病自憐憔悴過吾廬定有幽人相問歲晚淵明歸來未

永遇樂

送陳仁和自便東歸陳至上饒之一年得子甚喜

紫陌長安看花年少無限歌舞白髮憐君尋芳較晚卷地驚風雨問君知否鴟夷載酒不似井瓶身誤細思量悲歡夢裏覺來總無尋處　芒鞋竹杖天教還了千古玉溪佳句落魄東歸風流贏得掌上明珠去起看清鏡南冠好在拂了舊時塵土向君

道雲霄萬里這回穩步

梅雪

谿底寒梅一枝雪裏直恁愁絶同評無言依稀似妬天上飛英白江山一夜瓊瑤萬頃此段如何妬得細看來風流添得自家越樣標格　晚來樓上對花臨鏡學作半粧額着意爭妍那知却有人妬花顏色無情休問許多般事且自訪梅踏雪待行過溪橋夜半更邀素月

戲賦辛字送茂嘉十二弟赴調

烈日秋霜忠肝義膽千載家譜得姓何年細參辛字一笑君聽取艱辛做就悲辛滋味總是辛酸辛苦更十分向人辛辣椒桂擣殘堪吐　世間應有芳甘濃美不到吾家門戶比着兒曹纍纍却有金印光垂組付君此事從今直上休憶對床風雨但贏得鞾紋縐面記余戲語

檢校停雲新種杉松戲作時欲作

親舊報書紙筆偶為大風吹盡棄
章因及之

投老空山萬松手種政爾堪嘆何日成陰吾年有幾似見兒孫晚古來池館雲煙草棘長使後人悽斷想當年良辰已恨夜闌酒空人散　停雲高處誰知老子萬事不關心眼夢覺東窗聊復爾耳起欲題書簡霎時風怒倒翻筆硯天也只教吾懶又何事催詩急雨片雲斗暗

京口北固亭懷古

千古江山英雄無覓孫仲謀處舞榭歌臺風流總被雨打風吹去斜陽草樹尋常巷陌人道寄奴曾住想當年金戈鐵馬氣吞萬里如虎　元嘉草草封狼居胥贏得倉皇北顧四十三年望中猶記烽火揚州路可堪回首佛貍祠下一片神鴉社鼓憑誰問廉頗老矣尚能飯否

歸朝歡

靈山齊庵菖蒲港皆長松茂林獨野櫻花一株山上盛開照映可愛不數日風雨摧敗殆盡意有感因効介庵體為賦且以菖蒲緑名之丙辰歲三月三日也

山下千林花太俗山上一枝看不足春風正在此花邊菖蒲自蘸清溪緑與花同草木問誰風雨飄零速莫悲歌夜深巖下驚動白雲宿　病怯殘年頻自卜老愛遺篇

難細讀苦無妙手畫於菟人間雕刻真成
鵠夢中人似玉覺來更憶腰如束許多愁
問君有酒何不日絲竹

寄題三山鄭元英巢經樓樓之側
有尚友齋欲借書者就齋中取讀
書不借出

萬里康成西走蜀藥市船歸書滿屋有時
光彩射星躔何人汗簡讎天祿好之寧有
足請看良賈藏金玉記斯文千年未喪四

壁間絲竹　試問辛勤攜一束何似牙籤三萬軸古來不作借人癡有朋只就雲窗讀憶君清夢熟覺來笑我便便腹倚危樓人間誰舞掃地八風曲

題趙晉臣敷文積翠巖

我笑共工緣底怒觸斷峩峩天一柱補天又笑女媧忙却將此石投閑處野烟荒草路先生柱杖來看汝倚蒼苔摩挲試問千古幾風雨　長被兒童敲火苦時有牛羊

磨角去霍然千丈翠巖屏鏘然一滴甘泉乳結亭三四五會相暖熱攜歌舞細思量古來寒士不遇有時遇

丁卯歲寄題眉山李參政石林

見說岷峨千古雪都作岷峨山上石君家右史老泉公千金費盡勤收拾一堂真石室空庭更與添突兀記當時長編筆硯日日雲烟濕 野老時逢山鬼泣誰夜持山去難覓有人依樣入明光玉階之下巖巖

立琅玕無數碧風流不數平原物欲重吟
青蔥玉樹須倩子雲筆

一枝花

醉中戲作

千丈擎天手萬卷懸河口黃金腰下印大
如斗更千騎弓刀揮霍遮前後百計千方
久似鬬草兒童贏箇他家偏有 算枉了
雙眉長恁皺白髮空回首那時閑說向山
中友看丘隴牛羊更辨賢愚否且自栽花

柳怕有人來但只道今朝中酒

喜遷鶯

謝趙晉臣敷文賦芙蓉詞見壽用韻為謝

暑風涼月愛亭亭無數綠衣持節掩冉如羞參差似妬擁出芙蕖花發步襯潘娘堪恨貌比六郎誰潔添白鷺晚晴時公子佳人並列　休說搴木末當日靈均恨與君王別心阻媒勞交踈怨極恩不甚兮輕絶

千古離騷文字芳至今猶未歇都休問但千杯快飲露荷翻葉

瑞鶴仙

壽上饒倅洪莘之時攝郡事且將赴漕舉

黄金堆到斗怎得似長年畫堂勸酒蛾眉最明秀向水沉煙裊兩行紅袖笙歌擁就爭說道明年時候被姮娥做了慇懃仙桂一枝入手　知否風流別駕近日人呼文

章太守天長地久歲上延翁壽記從來人道相門出相金印纍纍儘有但直須周公拜前魯公拜後

賦梅

鴈霜寒透幙正護月雲輕嫩氷猶薄溪奩照梳掠想含香弄粉艷粧難學玉肌瘦弱更重重龍綃襯着倚東風一笑嫣然轉盼萬花羞落　寂寞家山何在雪後園林水邊樓閣瑤池舊約鱗鴻更仗誰托粉蝶兒

只解尋桃覓柳開遍南枝未覺但傷心冷落黃昏數聲畫角

南劍雙溪樓

片帆何太急望一點須臾去天咫尺舟人好看客似三峽風濤嵯峨劍戟溪南溪北正遐想幽人泉石看漁樵指點危樓却羨舞筵歌席　嘆息山林鍾鼎意倦情遷本無欣戚轉頭陳迹飛鳥外晚烟碧問誰憐舊日南樓老子最愛月明吹笛到而今撲

面黃塵欲歸未得

聲聲慢

滁州作奠枕樓和李清宇韻

征埃成陣行客相逢都道幻出層樓指點簷牙高處浪涌雲浮今年太平萬里罷長淮千騎臨秋凭欄望有東南佳氣西北神州千古懷嵩人去還笑我身在楚尾吳頭看取弓刀陌上車馬如流從今賞心樂事剩安排酒令詩籌華胥夢願年年人似

舊游

嘲紅木犀 余兒時嘗入京師禁中凝碧池因書當時所見

開元盛日天上栽花月殿桂影重重十里芬芳一枝金粟玲瓏管絃凝碧池上記當時風月愁儂翠華遠但江南草木煙鎖深宮只為天姿冷澹被西風醞釀徹骨香濃杜學丹蕉葉底偷染妖紅道人取次裝束是自家香底家風又怕是為淒涼長在醉中

送上饒黃倅秩滿赴調

東南形勝人物風流白頭見君恨晚便覺君家叔度去人未遠長檥士元驥足道直須別駕方展問簡囊待怎生銷殺胸中萬卷 況有星辰劍履是傳家合在玉皇香案零落新詩我欠可人消遣留君再三不住便直饒萬家淚眼怎抵淂這眉間黃色一點

隱括淵明停雲詩

停雲靄靄八表同昏盡日時雨濛濛搔首良朋門前平陸成江春醪湛湛獨撫恨彌襟閑飲東窗空延佇恨舟車南北欲往何從　嘆息東園佳樹列初榮枝葉再競春風日月于征安得促席從容翩翩何處飛鳥息庭柯好語知同當年事問幾人親友似翁

稼軒長短句卷之六

八聲甘州

壽建康帥胡長文給事時方閱

折紅梅之舞且有錫帶之寵

把江山好處付公來金陵帝王州想今年燕子依然認得王謝風流只用平時尊俎彈壓萬貔貅依舊釣天夢玉殿東頭　看取黃金橫帶是明年準擬丞相封侯有紅梅新唱香陣卷溫柔且畫堂通宵一醉待

從今更數八千秋公知否和人香火夜半纔收

夜讀李廣傳不能寐因念晁楚老楊民瞻約同居山間戲用李廣事賦以寄之

故將軍飲罷夜歸來長亭解雕鞍恨灞陵醉尉匆匆未識桃李無言射虎山橫一騎裂石響驚弦落魄封侯事歲晚田園誰向桑麻杜曲要短衣匹馬移住南山看風

流慷慨譚笑過殘年漢開邊功名萬里甚當時健者也曾閒紗窗外斜風細雨一陣輕寒

雨中花慢

登新樓有懷趙昌甫徐斯遠韓仲止吳子似楊民瞻

舊雨常來今雨不來佳人偃蹇誰留幸山中芋栗今歲全收貧賤交情落落古今吾道悠悠怪新來却見文反離騷詩發秦州

功名只道無之不樂那知有更堪憂怎奈向兒曹抵死喚不回頭石卧山前認虎蟻喧床下聞牛爲誰西望憑闌一餉却下層樓

吴子似見和再用韻爲別

馬上三年醉帽吟鞍錦囊詩卷長留悵溪山舊管風月新收明便關河杳杳去應日月悠悠笑千篇索價未抵蒲桃五斗涼州停雲老子有酒盈罇琴書端可銷憂渾

未解傾身一飽淅米矛頭心似傷弓寒鴈身如喘月吳牛曉天涼夜月明誰伴吹笛南樓

漢宮春

立春

春已歸來看美人頭上裊裊春幡無端風雨未肯收盡餘寒年時燕子料今宵夢到西園渾未辦黃柑薦酒更傳青韭堆盤却笑東風從此便薰梅染柳更沒些閑

時又來鏡裏轉變朱顔清愁不斷問何人
會解連環生怕見花開花落朝來塞鴈先
還

即事

行李溪頭有釣車茶具曲几團蒲兒童認
淂前度過者籃輿時時照影甚此身徧滿
江湖悵野老行歌不住定堪與語難呼
一自東籬搖落問淵明歲晚心賞何如梅
花政自不惡曾有詩無知翁止酒待重敎

蓬社人沽空悵望風流已矣江山特地愁予

會稽蓬萊閣懷古

秦望山頭看亂雲急雨倒立江湖不知雲者爲雨雨者雲乎長空萬里被西風變滅須臾回首聽月明天籟人間萬竅號呼誰向若耶溪上倩美人西去麋鹿姑蘇至今故國人望一舸歸歟歲云暮矣問何不鼓瑟吹竽君不見王亭謝館冷煙寒樹啼

烏

會稽秋風亭觀雨

亭上秋風記去年嫋嫋曾到吾廬山河舉目雖異風景非殊功成者去覺團扇便與人疎吹不斷斜陽依舊茫茫禹跡都無千古茂陵詞在甚風流章句解擬相如只今木落江冷眇眇愁余故人書報莫因循忘却蓴鱸誰念我新凉燈火一編太史公書

答李兼善提舉和章

心似孤僧更茂林脩竹山上精廬維摩定自非病誰遣文殊白頭自昔嘆相逢語密情踈傾蓋處論心一語只今還有公無最喜陽春妙句被西風吹墮金玉鏗如夜來歸夢江上父老歡予荻花深處喚兒童吹火烹鱸歸去也絕交何必更脩山巨源書

答吕子似總幹和章

達則青雲便玉堂金馬窮則茅廬遺逸小
大自適鵬鷃何殊君如星斗燦中天密密
踈踈蒿草外自謙螢火清光暫有還無
千古季鷹猶在向松江道我問訊何如白
頭愛山下去翁定嗔予人生謾爾豈食魚
必鱠之鱸還自笑君詩頓覺胸中萬卷藏
書

滿庭芳

和洪丞相景伯韻

傾國無媒入宮見妬古來顰損娥眉看公
如月光彩衆星稀袖手高山流水聽羣蛙
鼓吹荒池文章手直須補衮藻火粲宗彝
癡兒公事了吴蠶纏繞自吐餘絲幸一
枝粗穩三徑新治且約湖邊風月功名事
欲使誰知都休問英雄千古荒草没殘碑

和洪丞相景伯韻呈景盧内翰

急管哀絃長歌慢舞連娟十樣宮眉不堪
紅紫風雨曉稀稀惟有楊花飛絮依舊是

萍滿方池酴醾在青虬快剪插遍古銅彝
誰將春色去鸞膠難覓絃斷朱絲恨牡
丹多病也費醫治夢裏尋春不見空腸斷
怎得春知休惆悵一觴一詠須刻右軍碑

游豫章東湖再用韻

柳外尋春花邊得句怪公喜氣軒眉陽春
白雪清唱古今稀曾是金鑾舊客記鳳凰
獨遶天池揮毫罷天顏有喜催賜尚方彝
公在詞掖嘗拜尚方寶彝之賜只今江遠上鈞天夢覺清

涓如絲算除非痛把酒療花治明日五湖佳興扁舟去一笑誰知溪堂好且拚一醉倚杖讀韓碑堂記公所製

和章泉趙昌父

西崦斜陽東江流水物華不爲人留崢然一葉天下已知秋屈指人間得意問誰是騎鶴揚州君知我從來雅興未老已滄洲

無窮身外事百年能幾一醉都休恨兒曹抵死謂我心憂況有溪山杖屨阮籍輩

須我來遊還堪笑機心早覺海上有驚鷗

六么令

用陸氏事送玉山令陸德隆侍親

東歸吳中

酒群花隊攀得短轅折誰憐故山歸夢千里蓴羹滑便整松江棹點檢能言鴨故人歡接醉懷霜橘墮地金圓醒時覺　長喜劉郎馬上肯聽詩書說誰對叔子風流直把曹劉壓更看君侯事業不負平生學離

觴愁怯送君歸後細寫茶經煮香雪

再用前韻

倒冠一笑華髮玉簪折陽關自來凄斷却怪歌聲滑放浪兒童歸舍莫惱比鄰鴨水連山接看君歸興如醉中醒夢中覺　江上吾儂問我一一煩君說尊酒頻空賸欠真珠壓手把漁竿未穩長向滄浪學問愁誰怯可堪楊柳先作東風蒲城雪

醉翁操

須余從范先之求觀家諸見其
冠冕輝聯世載勳德先之甚文
而好脩意其昌未艾也旹畢慶
勳臣子孫無見仕者命官之先
是屢詔甄録元祐黨籍家合是
二者先之應仕矣將告諸朝行
有日請余作詩以贈屬余避謗
持此戒甚力不得如先之之請
又念先之與余遊八年日從事

詩酒間意相得歡甚於其別也
何獨能恝然顧先之長於楚詞
而妙於琴輒擬醉翁操爲之詞
以敘別異時先之縮組東歸僕
當買羊沽酒先之爲鼓一再行
以爲山中盛事云

長松之風如公肖余從山中人心與吾兮
誰同湛湛千里之江上有楓噫送子于[redacted]
望君之門兮九重女無悅已誰適爲容

不龜手藥或一朝兮取封昔與遊兮皆童我獨窮兮今翁一魚兮一龍勞心兮忡忡噫命與時逢子取之食兮萬鍾

醜奴兒近

博山道中效李易安體

千峰雲起驟雨一霎兒價更遠樹斜陽風景怎生圖畫青旗賣酒山那畔別有人家只消山水光中無事過這一夏　午醉醒時松窗竹戶萬千瀟灑野鳥飛來又是一

般閑暇却怪白鷗覰着人欲下未下舊盟都在新來莫是别有說話

洞僊歌

壽葉丞相

江頭父老說新來朝野都道今年太平也見朱顔緑鬢玉帶金魚相公是舊日中朝司馬　遥知宣勸處東閤華燈别賜僊韶接元夜問天上幾多春只似人間但長見精神如畫好都取山河獻　君王看父子

貂蟬玉京迎駕

紅梅

氷姿玉骨自是清涼[redacted]此度濃粧為誰改向竹籬茅舍幾誤佳期招伊怪滿臉顏紅微帶壽陽粧鑑裏應是承恩纖手重勻異香在怕等閑春未到雪裏先開風流黯說與羣芳不解更總做北人未識伊據品調難作杏花看待

訪泉於期思得周氏泉為賦

飛瀑萬壑共千巖爭秀孤負平生弄泉手嘆輕衫短帽幾許紅塵還自喜濯髮滄浪依舊人生行樂耳身後虛名何似生前一杯酒便此地結吾廬待學淵明更手種門前五柳且歸去父老約重來問如此青山定重來否

浮石山莊余友月湖道人何同叔之別墅也山類羅浮故以名同叔嘗作遊山次序榜示余且

索詞為賦洞僊歌以遺之同舍
須遊羅浮遇一老人厖眉幅巾
語同舍云當有晚年之契蓋僊
云

松關桂嶺望青葱無路費盡銀鈎榜佳處
帳空山歲晚窈窕誰來須著我醉臥石樓風
雨　僊人瓊海上握手當年笑許君攜半
山去劉疊嶂卷飛泉洞府淒涼又却怕先
生多取怕夜來羅浮有時還好長把雲煙

再三遮住

開南溪初成賦

婆娑欲舞怪青山歡喜分得清溪半篙水記平沙鷗鷺落日漁樵湘江上風景依然如此　東籬多種菊待學淵明酒興詩情不相似十里漲春波一棹歸來只做箇五湖范蠡是則是一般弄扁舟爭知道他家有箇西子

趙晉臣和李能伯韻屬余同和

趙以兄弟有職名爲寵詞中頗敘其盛故末章有裂土分茅之句

舊交貧賤太半成新貴冠蓋門前幾行李看匆匆西笑爭出山來憑誰問水草何如遠志 悠悠今古事得喪乘除莫四朝三又何異任軒天事業冠古文章有幾箇笙歌晚歲況滿屋貂蟬未爲榮記裂土分封是公家世

丁卯八月病中作

賢愚相去，算其間能幾差以毫釐繆千里。細思量義利舜跖之分，孳孳者等是雞鳴而起。味甘終易壞，歲晚還知君子之交淡如水。一餉聚飛蚊，其響如雷，深自覺昨非今是。羞安樂窩中泰和湯，更劇飲無過半醺而已。

驀山溪

停雲竹逕初成

小橋流水欲下前溪去 喚起故人來伴先
生風煙杖屨行穿窈窕時歷小崎嶇斜帶
水半遮山翠竹栽成路 一尊遐想剩有
淵明趣山上有停雲看山下濛濛細雨野
花啼鳥不肯入詩來還一似笑翁詩句沒
安排處

趙昌父賦一丘一壑格律高古
因傚其體

飯蔬飲水客莫嘲吾拙高處看浮雲一丘

壑中閒甚樂功名妙手壯也不如人今老矣尚何堪堪釣前溪月　病來止酒辜負鸕鷀杓歲晚念平生待都與鄰翁細說人間萬事先覺者賢乎深雪裏一枝開春事梅先覺

最高樓

醉中有索四時歌為賦

長安道投老倦遊歸七十古來稀藕花雨濕前湖夜桂枝風澹小山時怎消除須殢

酒更吟詩　也莫向竹邊辜負雪也莫向柳邊辜負月閑過了總成癡種花事業無人問惜花情緒只天知笑山中雲出早鳥歸遲

和楊民瞻席上用韻賦牡丹

西園買誰載萬金歸多病勝遊稀風斜畫燭天香夜涼生翠蓋酒酣時待重尋居士譜讁僊詩　看黄底御袍元自貴看紅底狀元新得意如斗大笑花癡漢妃翠被嬌

無奈吳娃粉陣恨誰知但紛紛蜂蝶亂笑春遲

送丁懷忠教授入廣渠赴調都下久不得書或謂從人辟置或謂徑歸閩中矣

相思苦君與我同心魚沒雁沈沈是夢他松後追軒冕是化爲鶴後去山林對西風直悵望到如今　待不飲奈何君有恨待痛飲奈何吾又病君起舞試重斟蒼梧雲

外湘妃泪鼻亭山下鷓鴣吟早歸来流水
外有知音

慶洪景盧内翰七十

金閨老眉壽正如川七十且華筵樂天詩
句香山裏杜陵酒債曲江邊問何如歌窈
窕舞嬋娟　更十歲太公方出將又十歲
武公方入相留盛事看明年直須腎下添
金印莫教頭上欠貂蟬向人間長富貴地
行僊

聞前岡周氏旌表有期

君聽兩尺布尚堪縫斗粟也堪舂人間朋友猶能合古來兄弟不相容棣華詩悲二叔乎周公　長歎息脊令原上急重歎息豆萁煎正泣形則異氣應同周家五世將軍後前岡千載義居風看明朝丹鳳詔紫泥封

客有敗碁者代賦梅

花知否花一似何郎又似沈東陽瘦稜稜

地天然白冷清清地許多香笑東君還又向北枝忙　着一陣霎時間底雪更一箇缺些兒底月山下路水邊墻風流怕有人知處影兒守定竹旁廂且饒他桃李趁少年場

又

用韻答趙晉臣敷文

花好處不趁綠衣郎縞袂立斜陽面皮兒上因誰白骨頭兒裏幾多香儘饒他心似鐵也須忙　甚喚得雪來白倒雪更嗄得

月來香殺月誰立馬更窺墻將軍心渴山
南畔相公調鼎殿東廂咸高才經濟地戰
爭場
名了
吾衰矣須富貴何時富貴是危機暫忘設
醴抽身去未曾得米棄官歸穆先生陶縣
令是吾師　待葺箇園兒名佚老更作箇
亭兒名亦好閑飲酒醉吟詩千年田換八
百主一人口插幾張匙便休休更說甚是

和非

上西平

會稽秋風亭觀雪

九衢中杯逐馬帶隨車問誰解愛惜瓊華何如竹外靜聽窣窣蟹行沙自擁是海山頭種玉人家　紛如鬬嬌如舞才整整又斜斜要圖畫還我漁蓑凍吟應笑羔兒無分謾煎茶起來極目向彌茫數盡歸鴉

送杜叔高

恨如新新恨了又重新看天上多少浮雲
江南好景落花時節又逢君夜來風雨春
歸似欲留人　樽如海人如玉詩如錦筆
如神能幾字盡殷勤江天日莫何時重與
細論文綠楊陰裏聽陽關門掩黃昏